얘들아, 모든 이름을 사랑해

얘들아, 모든 이름을 사랑해

김경인 시집

민음의 시 184

민음사

自序

모든 불명료한 것들을
이해해

밤이 왔다

2012년 6월
김경인

차례

2부

3부

1부

미술 시간

네가 쏟은 초록 물감이 다 마를 때까지
풍경이 사월의 창문에 갇혀 더 이상 늙지 않도록
네가 그린 그림 속 여자의 잘린 두 발이 파릇파릇 새로
돋을 때까지

나는 기다리지
얼어붙은 수면 아래 아무도 모르게 썩어 가는 나무토막
처럼

이파리가 뿌리로부터 두 배의 보폭으로 달음박질치는
계절
바람은 때때로 불고 얼굴은 조금도 달라지지 않는데

빨강처럼, 초록처럼, 파랑처럼, 보라처럼, 아니 검정처럼
턱없이 모자라거나 남아도는 빛깔들이 나를 완벽하게
망쳐 놓을 때까지

머릿속 주머니쥐는 늘 마지막이라고 말하지
미로를 찾을 색실은 끊어진 지 오래

네가 그린 이파리들이 나를 뒤덮고
영 모른다는 듯 나는 악착스레 자라나는데

영원히 끝나지 않는 이야기를 갖고 싶어
수은에 중독된 물고기처럼 뒤틀린 채로 유유히 헤엄치
면서

내일 손가락은 어느 방향으로 자랄까
네가 버린 물감이 빛나는 이름을 지우며 흑백 세계의 언
저리에서 똑똑 떨어지는데

활짝 핀 바이올렛 꽃잎을 갉아 먹는 진딧물처럼
목구멍을 뚫고 피어오르는 시간의 억센 가지를 가위질
하며

나는 떨리는 손으로 붓을 든다
폐허를 나뒹구는 구리 바퀴가 가까스로 그리는 궤적을
위해
노을빛을 디디며 간신히 일어서는 세계의 텅 빈 눈동자

를 똑바로
　바라보면서

수업 시간

어제는 미술 시간이었어요. 연필이 나를 반쯤 그리는 동안 나는 서서히 태어났습니다. 여전히 그대로군. 맘에 안들어. 연필이 툭 떨어졌습니다.

구겨진 종이가 몰래 펼쳐지듯 쓰레기통 속에서 입을 벌렸어요. 새 옷을 입듯 사람의 냄새를 훔치고 반만 그려진 눈을 활짝 떴습니다.

어제는 달리기를 했어요. 허들을 넘듯 한 아이, 두 아이, 세 아이……를 지나 나는 그 애에게 비로소 도착했습니다. 뒤로 달리는 연습은 그만하자. 안녕, 안녕, 마지막 아이가 희미해진 손을 들어 인사했습니다.

어세는 이름 바꾸기 놀이를 했어요. 한 이름과 다른 이름은 어떻게 구분하니? 그 애에게 물었을 때 몰라, 몰라, 몸에 다닥다닥 붙은 이름들을 떨어뜨리며 그 애는 울었어요. 얼굴은 이미 지워진 것만 같았어요.

오늘 나는 구겨지다 만 종이였다가 오후 다섯 시의 바람이었다가 지금은 거의 안개의 목소리입니다. 내일은 사람처럼 눈물을 흘릴 수 있을까요? 나는 아직 배울 게 많고 내일은 해가 질 때까지 그림자를 밟으며 꼬리잡기 놀이를 하겠어요.

자화상을 그리는 시간

선생님, 여기는 국경입니다.
어두운 밤 희미한 국경을 지키는 수비대처럼
나는 몇 개의 선이 다시
정해지기를 기다리고 있습니다.

그래요, 다툼은 늘 있죠.
눈을 감으면 하얀 종잇장 위로
눈과 코와 입이 점령군처럼 몰려오고
나의 손은 속수무책 들끓습니다.

어제의 채굴꾼들은 일손을 놓고 말합니다.
파헤쳐도 도무지 아무것도 없어,
산산조각 난 거울 조각이구나
자기 그림자에 반한 정물이구나

너의 핏줄은 나의 것처럼 붉고
너의 심장은 내 안에서 두근거린다.
너의 바닥에서 일렁이는 저것은 무엇인가
너의 유물은 무엇인가

선생님, 진심을 다해
당신과 피를 나누고 싶어요.

모든 색깔을 다 먹어 치우고 검정을 이해하게 된 물고기
처럼
그러나 사실은 검정을 모르는 물고기처럼

여러 개의 표정이 얼굴 위에 앞다투어 떠오를 때
두려움을 감추려 더욱 잔인해지는 병정들을
일사불란하게 다뤄야 하는 장수처럼
당신은 나의 아슬아슬함 속에.

빛과 어둠이 섞이는 은회색의 혼돈을 친화라고 부르듯이
모래알과 모래알이 서로를 모르는 채 해변을 완성하듯이
당신이라는 먼지 속에서
나는 떠오르면서

먼 초록이 가까운 초록을 다 잊기까지

망설임 속에서 놓일 자리를 찾는 바둑알의 심정으로
색깔 안에 나를 구겨 넣는 시간입니다.

선생님, 여기는 국경입니다.
이제 곧 그어질 몇 개의 철책 속에
나는 가득 담기고
나는 비로소 다시 태어나고

나는 나의 바깥을 향해
빙긋 웃습니다,

총을 겨누듯이

꽃을

꽃을 주세요*

검은 계단 더 검은 모퉁이를 돌아 마침내 다다른 초록
빛 철문 앞에

더 검은 모퉁이 끝 계단에 앉아 비로소 떠올리는 초록
철문의 기억 앞에

꽃더러 보라고

서투른 화가의 자화상을 단숨에 잘라 내는 가위의 반짝
이는 살기를

흰 꽃더러 보라고

기억의 윤곽을 지우며 똑똑 떨어지는 물감의 번민을

철문 앞에서 망설이다 뒤돌아서는 늙은 그림자에게

마치 꽃이라는 듯

안개 속에서만 떠들 줄 아는 물병의 닫히지 않는 마개에게

흰 꽃 아닌 건 모두 잊었다는 듯

빨강과 초록의 힘겨운 악수를 위해

꽃을 향해 달려가는 꽃처럼

여름을 반성하는 영원한 여름을 위해
꽃을 향해 달려가 마침내 사라지는 그 꽃처럼

심장인 줄만 알고 입 맞추던 너의 차가운 두 발에
기쁨의 첫 페이지에서 흘러내려 귀갓길을 적시는 피 위에
흰 꽃을

깨어진 거울 앞에서 가장 또렷해지는 절망의 이목구비
에게
거울을 꿈꾸다 꿈속의 거울에 갇힌 물고기에게

집을 삼킨 채 비로소 잠잠해진 얼굴에게
얼굴 밖으로 흘러나와 다시 떠들기 시작하는 집 앞에
흰 꽃을

흉터 위로 또 엎질러지는 끓는 주전자에게
주전자가 몸에 그려 준 어여쁜 새 지도에게
보랏빛 바이올렛은 말고

밤물결로 파도치는 나의 심장에게
새빨간 맨드라미는 더 말고

같은 고백을 여러 번 늘어놓은 모노드라마가 끝나듯
내 안의 세계가 문득, 자전을 멈출 때
어둠 속에서 먼지처럼 풀썩거리며 날아오르는 질문들의
빛나는 이마에
흰 꽃을,

* 김수영, 「꽃잎 2」(1967) 중에서.

단 하나의 노래

노래해 밤아,

호수 바닥에 정박한 요람을 흔들어 줘

휘파람아, 일곱 낮과 일곱 밤으로

일곱 개의 꿈을 다 밀어내어 줘

천 개의 밤을 낳아 버린 단 하나의 대낮아

나를 둘러싼 빛깔들을 몰아내 줘

나를 산란해 줘 대낮을 내질러 달아나는 꼬리야

숨 가쁜 물방울들을 터뜨려 줘

파도를 일으켜 줘 다락방아

다락 속의 구겨진 긴 다리야

꿈속을 대신 달려 줘

무너지는 지붕 위로 간신히 뜨는 하얀 달아

꿈속에 숨어 있는 한 이름을 비추어 줘

너의 커다란 눈으로 또 한 이름을 뒤쫓아 줘

단 하나의 자음을 기다리며 늙어 가는 모음아

나를 위해 무럭무럭 죽어 줘

아무것도 아닌 공터야

몸통이 달아난 바퀴들아

나를 노래해 줘

궤적을 그리며 굴러가 마침내 사라지는 표정들아

멈추지 말아 줘 눈먼 기차야

선로를 부수고, 선로를 부수고,

나를 질주해 줘

나를 질주해 줘

고백하는 물병

거울과 수요일이 사라지고 난 후
두 눈은 텅 비어 있다

어디로 가는 거지?
꿈이 나를 내려놓고
강철 크레인 위로 달려가 흥건히 엎질러지는데

두 번, 또 두 번
전진할수록 그만큼의 속도로 되돌아오는
무채색들의 흙탕에 거꾸로 처박혀

어디로 가는 거지?
소용돌이치며 시위하는 빛들 뒤편에서만
분주해지는 그림자 물고기 떼들은

진흙 속에서만 서서히 열리는 입술과
모이고 흩어지는 늙고 병든 구름들의 영접

여기, 물 아래

아버지 손가락이 가리키지 않는 곳
버려진 종이들이 뭉개진 익사체처럼 떠오르는

왜 아직도 사라지지 않지?
나는 이렇게 조용히 들끓는데

어질러진 계단을 비추는 거울 조각
후줄근한 올가미와 자살에 실패한 꼬리들의 무덤

나날의 청소부가 커다란 빗자루를 들고 꿈의 부스러기
를 몽땅 쓸어 간다

정각을 알리는 시곗바늘처럼
너는 화염 속에 우뚝 서 있다,

구름이 피를 몽땅 쏟아 버린 후
푸르스름하게 펼쳐지는 기록을 적으려고

등 가득 두 배나 되는 새끼를 지고

다시 새끼를 밴 거미처럼

여름은
단지 여름을 위해서만 몰려오는 것

식물 도시의 기계 심장을 떼어 내려고
버스를 탄 사람들은 매캐한 연기 속으로 뛰어 들어간다

창문 너머로 툭 떨어지는 사소한 쓰레기
죽은 기억이 다시 나를 열고 몸을 던질 때

세계는 가장 아름다운 건반의 두 음처럼

흔들린다, 나는 그렇게 믿는다

무반주 조곡 No.0

너무 오래

간직하다 빛바랜 색종이,

어둠을 헤집어 만져 본 열두 개 푸른색 낡은 호주머니,

호수 바닥에 얼어붙은 불탄 입술,

수면을 탁탁 튕기며 솟아오르는 상처 난 은빛 꼬리지느러미,

먼지투성이 건반 울리다 만 C장조 무곡,

알레그로, 안단테, 뒷걸음질 치는 길고 긴 기차,

생화(生花)를 가장한 조화의 화장술,

물방울 안에 갇힌 불꽃,

내가 잘라 버린 나무 밑동 그리운 냄새,

오래전 찢은 물방울무늬 치마, 새벽 세 시의 앰뷸런스,

열두 번째 호주머니 속에서 우연히 발견한 야광 돌,

새로 뜬 색종이,

똑똑, 흰 문 앞에서의 노크,

열리지 않는

그 집 앞

나는 대문 앞에서 가방을 고쳐 멘다
고스란히 남아 있는 육체로부터
아무도 모르게 빠져나간 정신처럼
집은 대문 밖으로 풍경을 시름시름 흘려보낸다

잘 가라, 드디어 이름이 나를 놓아주었다 하지만
두고 온 비스크 인형들은 침수된 지하실에 갇혀
한 움큼 햇살을 쥐기 위해 아우성친다
부서진 거울들이 서로를 반사하며 자가발전하는 집에서

집이 혀를 가지고 있다면
풍경을 오역하며 뿌리를 내린 저 지겨운 나무들로부터
시작할 것이다
대문 틈새로 슬몃슬몃 기어 나오는
출렁한 혓바닥 위에 무엇을 올려놓을 것인가

집은 가능성을 싫어한다
나는 손바닥으로 얼굴을 삼싸 쥔다
손 가득 새겨진 지도 안에는 어떤 얼굴로도 들어갈 수

가 없구나
　지는 태양이 한번 건성으로 나를 비추고
　또각또각 길 건너로 사라진다

　푸드덕거리며 날아오르는 새의 날개를 부여잡으려는 듯
　집이 등 뒤에 커다란 그림자로 드리우는 순간

　나는 달리기 시작했다
　초인종을 누르고 서둘러 도망가는 아이처럼
　왕 울음을 터뜨리며

라르고

햇빛이 물 위로 쏟아져
파문으로 번지고

파문이 나를 휘저어
길목마다 어둠을 풀어놓으면

이 끝에서 저 끝까지 가득 차 어두워지는 아이들

겹겹이 그림자를 벗고 달려가 사라지듯
아아 오오 음을 버리고 시작되는 음악

나를 바라보는 물 위의 내 얼굴이
어른거리며 서서히 나로부터 멀어지듯

아직 남겨진 아이는 낯선 지도를 펼쳐
영원히 모르는 표정으로 남아 얼굴에 스며들고

큰 물방울로부터 굴러 나오는 또 하나의 물방울처럼
오른손을 따라 달리는 왼손의 엇갈림처럼

나는 아주 잠시 눈을 뜨고

뒤돌아 전진을 망설이는 계단처럼
흩어졌다 서서히 모이는 구름처럼

그레고리오 성가를 부르는 저녁

편지를 줄게, 계단 아래서
계단 아래 묻힌 그 애 아래서,
손가락이 다 자라면.

편지를 줄게, 어제의 태양에게
태양을 따라 돌아오고야 만 그제의 그림자에게

계단이 나를 엄마라고 불렀어
그다음에 얼굴이 돌아왔지

고해를 할 거야, 계단을 쓰다듬으며

사랑하는 나의 아가야
니를 지워서 내 이름도 없구나

정물을 사랑하지 않기로 해
주어가 없는 기특한 문장이 되기로 해

편지를 줄게, 기도가 끝나면

모든 초록을 위해

길가 가로수들이
쓰러지기 전에 줄게,
봉투는 없지

검정 속의 더 검정처럼
영원에 사로잡혀 사라지는 안개 목소리처럼

편지를 쓸게,
손가락이 다 자라면.

그리운 언니에게

이야기는 언제 끝나는 걸까. 나는 아직 돌아오지 못했고 오늘 밤 구름은 갑충처럼 딱딱한 껍질을 벗고 있어. 언니, 감겼다 풀리는

실 놀이를 좋아해? 실실 풀리는 이야기가 있고, 한순간에 엉켜 버리는 이야기가 있어. 언니를 기다리는 동안 나는 실꾸리를 던지고 감아. 이야기가 다 끝나면 나는 무언가 될 것도 같아.

좀 더 많은 색실을 가지고 싶었는데 언니는 도르르 풀리는군. 언니가 언니 아닌 것이 되고 점점 작아져 나와 꼭 닮은 얼굴이 될 때까지 한 꺼풀 두 꺼풀 눈꺼풀은 감기고

언니가 사라지는 아름다운 순간을 기억해? 그때 나는 태어났지. 나는 일주일에 한 번 나이를 까먹고

먼 곳의 깜박이는 빛을 떠올려. 나에게 거의 가까워졌나고 생각할 무렵, 나는 커다란 털실 옷 안에 갇혀 있었지. 이곳에서 나는 계속 태엽을 풀듯

조금 옛날부터 아주 먼 옛날까지를 왔다 갔다 해. 입을 벌리고 언니의 목소리가 내 목구멍 속에서 흘러나오는 걸 듣지. 다 자란 인형 같은 표정을 갖고 싶어.

가끔 밖을 내다보곤 해. 나는 아직 그대론데 나는 이렇게 큰 옷을 입고. 언니는 오늘도 유리병 속 태아처럼 울어. 엄마는 언제 돌아오실까.

조금 멀리 왔다고 말하려는 건 아니야. 다 끝났다고 생각해? 언니, 나는 아직 여기에 있어.

아름다운 인생

이제 거꾸로 자라는 계단은 그만 낳을래
담배꽁초처럼 더러운 냄새를 흘리며 꺼져 버릴래
태엽 장치는 망가졌고 돌림노래는 또 시작되네
장식장의 고장 난 발레리나 인형
창 밖에서 나를 바라보는 당신처럼
매일 조금씩 훌륭해질래
거울은 죽기는커녕 늙은 앵무새가 되고 말았어
하루에 한 번만 눈을 감았다 뜨고 싶어
아무것도 변하지 않는 날들을 원해
내 목 위에 달린 캔버스에 오늘도 낯선 얼굴이 그려지고
누군가는 한 겹 두 겹 덧칠을 하고 또
찢어 버리지 이렇게 가벼운 날들을 원해
밤하늘의 커다란 외눈 따윈 아무래도 좋아
네 안에 웅크려 너를 갉아 먹는 쥐며느리가 될래
잘린 꼬리가 처음 터뜨리는 웃음처럼
그렇게 너에게 갈래

숲

나는 멈춘다,
검은 사람들과 더 검어질 사람들이
서서히 낯빛을 잃어 가는 숲길에서

언 땅 속에 꼼지락거리는 말들을 파헤치는 말발굽의 아
우성과
식물도감 십칠 페이지 낡고 찢어진 풍경을 다 잊고서

너는 받아 적는다,
부화 직전 깨져 버린 청청록록 알껍질과
이제 막 날아오른 푸른머리흰눈의 발에 묶인, 길게 늘어
진 철끈을

너는 그것을 알고 있다,
한 줌 어둠 안에 사로잡히기 위해 네가 펼쳐 든 대낮의
연분홍 양산이 접힐 때
내가 무엇을 두려워하는지

너의 목소리

빌려 준 나의 팔다리들
그리고 아직 내 것인, 옛집 문고리에 달라붙은 얼굴에
대해

네가 꽃이었을 때
숲은 흰빛.
밀서를 봉하기 위해 기꺼이 흘러내리는 촛농처럼 내가
흘러 들어간

내가 키운 편애와 편집의 호두나무야
울퉁불퉁한 열매를 잔뜩 달고 시름시름 자라나야지
여러 개의 물혹을 매달고 느리게 달려가는 추억처럼

파란 얼음 아래 어른거리는 물고기 비늘
내가 떠나온 시간의 사금파리들이 창백하게 반짝일 때

물속의 녹슨 자물쇠는
아무것도 고백힐 것 없는 아이의 몸통에 다시 채워진다

너는 황혼 다음, 땅거미 진 침엽수림 거기 누군가 드문드
문 놓아둔 하얀 조약돌
　호주머니 속 작은 손전등
　호주머니 속엔 차가운 손이 두 개

　나는 두드림을 반복하는 녹슨 문고리
　어떤 이름도 적힌 적 없는 종이

　죽은 글자들을 뜯어 먹고 살찐 들쥐들이 짚 덤불 아래
비좁은 잠자리를 다투는

　숲
　숲으로부터

　내가 경험하지 못한 문장이
　가볍게 떠오르다 사라졌다

　꼭 닫힌 창문에 서리다
　지워지는 입김처럼

겨울式

너의 입술, 너의 눈, 너의 가슴
나는 아주 조금씩만

오늘은 입을 다물고 골몰하는 무용수를
무용수의 팔다리처럼 부드럽게 휘어지는 가로수를
먼지를 머금고 단단해지는 눈덩이를
흰 눈덩이처럼 말끔한 너의 표정을
그리고 먼지의 감정을
아주 조금씩만

나의 입술, 나의 눈, 나의 가슴
창밖에는 눈이 오고
아주 나는 조금씩만

나를 둘러싼 소문들이
너를 통과해 나를 찾아올 때

모든 것이 고요해진 창밖에는
눈이 쌓이고

나의 정면은 나의 배후를 지나
저 먼 곳에서 안녕,

나의 입술, 나의 눈, 나의 가슴,
아주 조금씩 흩어지면서
나는
나를 지나 너의
문 앞에
나는 다시 너를 지나

물감을 짜는 동안

나는 너무 오래 생각하는 종이

나의 얼굴은 물에 잠긴 전화기 아니 없는 당신의 뒤통수

나는 꼬리에 대한 망상 혹은 꿈꾸는 뱀자리 별

나는 돋아나지 않은 두 손으로 그려 보는 데포르마시옹

나는 빛깔을 뱉고 서슴없이 아름다워지는 무인칭들

주머니 속 빈 실패, 나는
거울끼리 놀다 엉켜 버린 실뜨기 놀이

나는 겨울을 묘사하다 뒤섞이는 혼돈의 팔레트
별과 해바라기의 소용돌이
혹은 백혈의 대낮

점점 사그라지는 눈 속의 촛불
너무 오래 돌아오지 못하는
나는,

물 위에서 노래함

나의 숲은 어디로 갔나
시끄러운 건반을 품고 늙어 가는 숲은
비밀을 적어 놓은 색색의 수첩 종이처럼 떨어지는
　　이파리,
　　　　이파리들은

새는 어느 숲에서 날아오르나
어두워진 부리는 더 어두워지나
목이 긴 여자에게서 흘러나오는 가장 긴 노래처럼

어느 강 하류에서 심장은 썩어 뭉개지나
두 눈은 무너진 망루 잿더미 밑 지금도 까맣게 빛나나
코는 타는 살냄새에 미쳐 아직 거기 갈고리처럼 걸려 있나

어깨뼈를 부서뜨리며 견장처럼 매달린 옛집과
꿈의 문지방을 넘어서야 비로소 다정해지는 연인의 얼굴
실패한 첫걸음과 조금도 나아지지 않은 마지막 걸음의
　　　검푸른 강물,
바닥 거기 내 두 발은 묶여 있는데

내 두 손은 그렇게 떠오르나
폐허에 앉아 눈보라 맞으며 조그맣게 신을 부르는 사람처럼
아직 오지 않은 고통을 다 겪었다는 듯 먼저 부서져 버린 책상처럼

초록으로 반짝이는 햇살의 시간과
정물화 속 사과 채 마르지 않은 붉은 물감의 시간을 지나

문득 내 앞에 와 저무는 세계 위로
라이비즈 가지 위 혼자 남겨진 떼까마귀의 검은 깃털 떨어진다

밤의 물주머니는 또 누구의 지붕 위에 엎질러져
죽음의 흰 눈동자를 던져 놓나

영원한 흰빛 혹은 검은빛으로 완성되는 물결,
그 위를 떠돌며 흠뻑 젖기를 두려워하는 종이로서
나는 어떻게 희미해지나

네 번의 꿈과 네 개의 길
시작되는 눈꺼풀 아래 고요한 그곳,
온몸 비늘 다 벗겨진 그림자와 함께
너는 어떻게 죽어 가나

2부

이웃

나의 이웃이 되고 싶습니다
여행하는 초록과 멈추는 빨강,
나를 무심히 지나치는 말들을 채찍질하며

진초록 이끼, 미끄러지는 돌계단 위에서
분홍빛 잇몸으로 발음하던 첫 기억에 갇혀
검정과 하양을 뿜어 대는 두 계절 속을
울고 내달리고 뛰어오르고 나면

나로부터 빠져나갈 것이 또 남아 있습니까
쌀을 몇 번 씻어야 밥은 완성됩니까
돌멩이는 다 사라집니까

생각, 이라고 말하고 나면 생각은 파도처럼 밀려오고
파도, 라고 말하면 파도는 생각처럼 사그라집니다

나, 라고 말하자 나라는 주머니로부터
피식 새어 나가는 바람처럼
이빨 틈에 짓이겨져

푹푹 썩어 가는 찌꺼기처럼
지독한 냄새처럼
나라는 음절을 씹어
비릿한 핏물을 삼키는 목구멍처럼
세상에서 제일 커지는 위장처럼

내 이름은
길고
질기고
남아 있는 것일까요?

나는 너무 중독되어 있는 게 아닙니까
거울이 나를 내뱉지 못하듯이?

마치 나라는 듯
매일 태어나고
또 자주 사라지는
서울 뒤에서

나의 이웃이 되겠습니다

상처투성이 무릎과 노을을 번갈아 비추는
어제의 창문은 닫으세요
구름은 아무것도 비유하지 않아요

창문을 열고
상냥한 얼굴을 연습하며 나는
나의 사랑스런 이웃이 되겠습니다

이사

이층으로 가기로 했어. 무엇을 먼저 버려야 하지? 작아진 옷, 그림책, 목이 달아난 인형과 술래잡기 놀이. 아, 골목을 돌아 숨어든 햇빛 따위. 오호, 버릴 것투성이군.

나는 지하에 있을게. 아직 베껴야 할 게 남았거든. 먼지 구덩이에서 친구가 말한다. 맘대로 해. 집이 앓는 소리 들었어? 계단이 지하를 뚫기 직전이야. 필사적으로 살아야 해. 친구가 필사하던 시집을 던졌다.

이 많은 짐들을 어쩌라고. 입속의 낱말들이 메밀 베갯속 알갱이처럼 터진다면. 다 말한 것 맞니? 이층은 영영 멀었구나. 계단 중간에서 짐이 쏟아졌다. 짐 속에서 꾸깃해진 엄마가 고장 난 용수철처럼 튀어 오르고. 이런 이런! 아직도 버릴 것투성이군.

무엇일까, 이층이란? 답이 없는 수수께끼란. 도장을 꾹 찍어 완성되는 처방이란. 마론 인형, 찢어진 수첩과 낡은 베개, 항아리 속의 짓무른 자두. 이 구질구질한 것들이란. 새로 생기는 내 방이란. 새 의자와 새 옷과. 그렇지. 머릿속에 새로운 시트를 깔고.

어서 올라가자. 소란이 사라진 곳으로. 이층은 정돈되어 놀라운 곳. 문이 열렸다, 나는 다 적지 못했어요, 웅얼거리는 목소리가 더 큰 목소리로 돌아와 고여 있는 곳, 문이 닫혔다.

너는 어쩐지 키가 조금 작아진 것 같구나. 이층의 엄마는 벌써 짐을 풀고. 뭐하니? 어서 올라오지 않고서. 지하에서 솟구치는 왁자지껄한 소리. 엄마아아아, 나를 뚫고 올라올 것 같아요.

이층에서 나는 조용히 마저 자란다. 친구는 아직 돌아오지 않는다. 쓸모없는 낱말처럼 모두 사라져야 해. 이층은 환하고, 외국에서 도착한 과자 선물처럼 달콤한 향기. 친구는 돌아오지 않는다.

재개발구역

아래를 상상하는 동안 투명한 피부를 꿈꾸지 않는다. 집이 무너졌다. 거주민들은 돌아오지 않는다. 더 잘 무너지기 위해

더 많은 것들이 발굴되어야 해. 야외 말고 여기서. 우리는 소풍을 가는 거야. 하나 셋 다섯 일곱, 휴, 아직 아홉, 셀 수 있는 것들이 너무 많다.

이제 큰언니는 남고 막내는 떠날 차례. 영원히 목소리를 바꾼다. 날랜 쥐처럼 혈관 사이를 뛰어다니는 기억을 뒤쫓으며. 한 목소리와 어떤 목소리. 나는 목소리의 침입을 막으려 침묵의 삽을 들고 파 내려갔다.

절대 돌아오지 않는 것들. 우리를 둘러싼 시간은 건장한 용역처럼 망치를 휘두른다. 항전하듯 우리는 어깨를 붙이고. 기다리고. 무너지고. 비로소 아름다워지는 시간들. 어서 시작해. 완벽히 발굴될 때까지 우리는 허물어지는 담장, 부서지는 대낮의 놀이터.

아무것도 못 찾겠어요. 소풍 간 막내는 보물을 찾지 못하고 사라졌다. 발굴되지 못한 것들이 웅성대는 나의 내부. 여기 없고 거기 있니? 반쯤 드러난 녹슨 칼처럼 막내가 돌아온다면. 아니요. 바닥으로 툭, 힘없이 떨어지는 작은 혀에게 작별 인사를.

지하만 무너지면 구역은 재정비된다. 마루에 누워 있으면 정말 좋아, 다 썩는 기분이야. 어린아이처럼 말하는 버릇을 버려. 너는 더 단조로운 목소리를 가져야 한다. 침을 튕기며 입술이 제자리로 돌아왔다.

이제 언니는 가고 엄마가 돌아올 차례. 처음 보는 여자가 천천히 내게 스며들었다. 나는 여전히 남아 사이좋게.

테이블

은밀함은 아름답다
책이 되려는 아이들과
반쯤 양장본이 된 사람들이
일렬로 늘어서 앉는다
열 명과 스무 명과 백 명의 죽은 서적들이
산 자의 얼굴에 박혀 있다
아주 멋진 밤이지요?
보세요, 저 하늘의 새로운 별자리들을
착석한 영혼들을 묘사할 사전을 편찬하러
집사는 분주히 펜을 움직인다
세계는 은밀하고 고독하고,
차가운 얼음 조각상처럼 그렇게 아름다운 것.
가장 훌륭한 요리는 고독한 귀족들이
자기 지방의 뜻 모를 언어로 휘갈긴 레시피 속에.
고귀한 침방울들이 분주하게 섞여 더욱 고귀해지는 오늘,
세계는 조금 더 빛나도 좋으리, 높고 낮음이 분명한 아밀
라아제와 함께.
아름다움은 아무도 모르는 것.
컴컴한 방 바퀴벌레처럼 스멀스멀 피어오르는 것.

베레모와 독일제 파이프로 한껏 치장한 죽음이
오렌지 맛 새콤달콤 고통과 함께 문을 두드리고
매초마다 탄생하는 문제와 화제의 신생아들이
거듭 진화하는 몇백 개의 계절을 낳는 동안
좁아터진 의자에 앉아
아, 나의 레시피는 이다지도 훌륭하단 말인가
폭식에 빠진 별자리들이
깜박깜박 빛을 잃어 가는 동안
입이 없다는 건 얼마나 다행인가
테이블은 중얼거린다,
누군가 새겨 놓은 암호에 몰두하면서.
테이블은 얼굴에 감정을 드러내지 않는다,
우리가 사랑하는 무의미한 점과 선들처럼.
네 개의 단단한 다리는 남겨 두고.

먼지의 노래

나는 몰두했습니다. 마지막 달을 향해 질주하는 태양처럼. 밤과 낮을 뒤바꾸어 진술하는 구름의 입술로.

나의 사랑은 거울의 사각 틀이 아니라 거울, 신발의 모양이 아니라 발 그 자체, 내 사랑은 완전무결한 검은 호수입니다. 나는 구름 뒤의 구름, 여러 색깔의 주사위, 흐릿한 창문입니다. 뒤집힌 서랍, 비밀을 발설한 백설조(百舌鳥), 오장육부가 몽땅 도려내진 마른오징어입니다. 당신이 나를 부른다면 나는 긴 팔을 휘저어 빠르게 달려가겠습니다. 곧 사라질 이슬이 되겠습니다.

나의 꺼질 줄 모르는 호롱불이여. 나를 밝히지 마세요. 우리의 사랑은 감추는 데에 있습니다. 발가벗는 것은 얼마나 부끄럽고 웃긴 일인가요. 배꼽을 비추어 본 적이 있으십니까. 조금 파인, 입술처럼 달싹이는. 세계의 배꼽이라는 말은 나를 웃게 만듭니다.

나는 함부로 옷을 벗지 않는 사람. 밤새워 고백을 연습하고 이제 고백을 고백합니다. 이봐요, 나를 가져 봐요. 뼈가 으스러지도록 나를 비추어 주세요. 흐느껴 울었습니다. 아, 심드렁한 사람, 왜 늘 그대로죠. 내 얼굴을 좀 뱉어 내 봐요. 고백이란 향기롭고 즙이 달콤한 열매, 그러나 진심과 진실의 언덕은 너무 높습니다.

아아, 나는 그를 사랑하다 으스러졌지만 사랑하는 나의 님은 갔습니다. 황금의 꽃 같은 얼굴을 부수고, 스스로 산 산조각 나 버렸습니다. 마지막으로 내가 안기던 날, 그는 너무 노력하다 노력하다 지쳤습니다. 나 좀 그만 봐. 온통 네 얼굴투성이잖아. 도대체 무엇이 네 얼굴이고 무엇이 내 얼굴인가. 이 얼룩덜룩한 꼬락서니하고는.

아아, 그는 떠났지만 나는 그를 보내지 못했습니다. 나는 으깨진 감자처럼 울겠습니다. 으깨진 감자처럼 맛있고, 뜨 겁고, 부드럽게. 뿌리를 버린 꽃처럼 달리겠습니다. 얼굴이 다 떨어져 먼지가 될 때까지. 제 곡조를 못 이기는 먼지의 노래는 당신의 침묵을 휩싸고 돕니다.

영혼의 사생활

오늘은 많은 것을 가진다
네가 나를 의심해서
손가락은 다섯 개 혹은 여섯 개
아니면 열두 개의 지느러미
움켜쥘 게 너무 많아
여름은 빠르게 흘러가네
네가 나를 거듭 의심해서
끈적끈적한 알에서 물렁한 눈이 돋고
나는 눈꺼풀이 없는 두 개의 눈동자로서
잠 속을 부지런히 유영 중
불룩한 위장 속엔 죽은 아버지가
가득 담겨 녹아내린다
죽지 않은 아버지는 죽은 아버지를 건져 내지 못한다
심연에 드리운 뜰채가 어떤 것도 건져 내시 못하듯이
하지만 나는 물고기로서
뚱뚱한 물고기의 소화기관으로서.
안녕,
안녕,
손을 흔들며 자라나는 이파리들처럼

오늘은 너무 많은 것을 가진다
새로 돋는 이빨처럼
많은 것이 태어나서 오늘은 간지럽고
손가락은 비밀을 가장하여 쑥쑥 자란다
기억할 게 많아서 밤이
불쑥 문을 두드리고 나의 사전에는
내가 빠져 있다

채록자들

먼 곳에서 막 도착했습니다 당신의 간절함이 우리를 이
끌었습니다 우린 밤에 오는 사람이고 낮은 다른 리듬에 속
해 있습니다 죽어서도 자라나는 머리카락처럼 그렇게

긴 시간은 아닙니다 철 지난 거울 놀이나 공상담 따위
로 우리를 부르지 마세요 머리털의 개수만큼 많은 이야기
가 있고 어느 날에는 사탕 같은 이야기에 끈끈하게 달라붙
어 단잠이 듭니다

당신은 마치 물속에 갇힌 듯 당신을 베끼고 있군요 당신
의 이야기가 맘에 들지 않습니다 친구의 수첩을 훔쳐보지
마세요 당신의 발목은 누구의 이야기 속에 파묻혀 있습니
까 필라멘트는 정확히 한 시간 후에 꺼질 것입니다

낯선 이야기는 지치지 않는 전염병처럼 마을을 뒤덮고
당신의 이야기는 더 이상 우리의 것이 아닙니다 회오리치
는 감정에 휘말려 당신은 저 멀리 날아가고 있군요 당신은
어디서 우리를 부르고 있습니까 우리는 아른거리며 사라지
는 연기입니다

당신의 이야기는 어디 있습니까 기다릴 시간은 많지 않아요 가까운 곳에서 먼 곳까지 우리는 적어야 할 것이 많고 당신은 거의 투명해진 것 같습니다 구름 위로 사라지듯 그렇게

터널 생활자

그곳에서 우리는 너무 많은 생각에 빠진다
늪에서 허우적거리는 바퀴처럼
달콤한 어제에 원숭이처럼 대롱대롱
매달리다 잠 속으로 떨어지는 말들을 의심하면서

내부의 깊이에 골몰하면서
너인지 나인지 모를 누군가의 터널 속을 쥐 새끼마냥 헤
매면서

이봐, 그러니까 생각이란 뭘까
달려오는 기차 소리를 들으며 박동을 조절하고 숨 쉬는
법을 배우는 걸까 마치
사람처럼, 내 위를 밟고 달려 나가는 기차 바퀴 아래서
부드럽게 니덜거리는 가죽이 되리 는 건가, 그러니까
내가 가죽 주머니에게
잠시 나를 빌려도 되겠습니까?
점잖게 이렇게 물어보라는 건가

핏방울이 증발하고 뼛가루가 홀씨로 날아간 다음

비로소 나타나는 것 그러니까 나라는 이름은
　성탄 아침 텅 비어 흔들리는 싸구려 양말 주머니라는
걸까, 마치

　우리는 연습생 포수처럼 앉아
　되돌아오는 질문을 빈 글러브에 쑤셔 박으며
　점점 훌륭해진다

　우리는 시끄러운 친구들과 함께 앉아
　잔꽃처럼 피어나 어느새 사라지는 생각에 홀려
　폭주하는 기관차처럼 떠들다가
　급정차한 열차가 되어
　침묵.

　아침이 오면
　우리는 서서히 고독해졌다 빈 역사 가득
　울리는 기적처럼

심해행 완행열차

— 승객들

밖을 내다보다 나는 스케치북을 탁 덮는다. 언제 다 그
릴 거야? 창문이 빈정댄다. 칫, 낡은 타로 패 펼치듯 빤한
풍경만 보여 주면서. 어부 왕은 가족들과 동반 자살한 지
오래. 말도 많구나. 자화상 하나 완성 못하는 주제에. 창문
이 차갑게 대꾸한다. 옆자리의 그리마 여사는 주정뱅이. 여
행용 가방 안에는 새 신발이 가득. 쓸모없는 다리를 자르
는 데 일생을 바쳤지. 그런데도 발이 열 개나 남았다니까.
자 봐요, 신발, 열쇠, 시계, 명함, 딸꾹, 신발, 열쇠, 시계, 명
함, 딸꾹, 내 가여운 아가들. 벌써 몇 년째 이곳에 갇혀 있
다우. 그녀가 훌쩍이며 열 번째 발목을 자르기 시작했다.
기차는 막 아네모네밭을 지났다. 물속 수천 손가락들이 기
차를 꽉 쥐고 흔든다. 교수형당한 타로 카드 속 남자는 오
늘도 사라진 머리를 찾느라 동분서주. 가블린 상어와 유
령 해파리 떼, 형체 없는 것들은 발광에 쉽게 홀려…… 아
름답구나…… 아름답구나? 핫핫, 여기가 무덤 밖이라도 되
는 줄 아나? 흙 묻은 얼굴로 건너편 고고학자는 제 몸을
파내느라 정신이 없다. 어디든 함부로 묻어 둔 기억의 고철
너미들로 넘쳐 나는군. 쳇, 돈 한 푼 되지 않는 *쓰레기* 같
은. 제엔장, 이 여행이 언제부터 시작된 거냐? 오늘도 피곤

하군. 여기 서치라이트 없나. 밤은 뒤죽박죽 알록달록 젤리
맛이면 좋겠다. 창밖엔 알코올처럼 넘실대는 물결 물결 물
결. 개복수술의 환부를 덮듯 흰 커튼을 달고 기차는 느릿
느릿.

우리는 물처럼

비가 내리자
나는 간신히 돌아왔다
내 뒤를 따라붙던 세계는
진저리 치며 검정을 떨어뜨리고
수많은 환호에 답하는 통치자처럼
미래를 향해 달려갔다
비가 내리자
오후의 테라스는
오전의 테라스가 아니고
나는 오 년 전의 두 다리가
오 년 후의 두 다리와
슬며시 엉겨 붙는 침대의 목격자.
누군가의 축축한 창문에 한없이 흘러내려
정확한 자리에 얼룩을 남기는
정직한 빗방울.
음담의 숲에서 태어난 하반신만 남은 애인이
무너지는 영화관으로 뚜벅뚜벅 걸어 들어간다
그림자와 그림사의 닳은 신발 사이에서
한 그루와 초록을 영원히 잊은 또 한 그루 사이에서

우리는 물처럼 솟아나

각자의 골목을 따라 분주하게.

내부에 잔뜩 물방울을 감춘 구름이

조금 먼 곳을 향해 이동할 때

내가 두고 온 수첩이

조용히 빗방울의 감정을 복습하였다

비가 그치자

세계는 잠들고 나는 춤추기 시작했다*

---

*토마스 만, 『토니오 크뢰거』, "나는 잠들고 싶지만, 당신은 춤을 춰야
  하오."에서.

심해발 완행열차
— 재회

차표 확인합니다. 점점 분명해지는 바퀴 소리. 아직 자리를 못 잡았어. 툭툭……. 누군가 목에 밧줄을 감은 채 허공에 떠 있다. 어! 밧줄, 좀 됐지 우리? 여기서 또 만나다니 반갑네. 아직 지하에 있는 줄 알았어. 이리 와. 내 자리에 같이 앉을래?

우리는 한 몸인 양 비좁은 자리에 끼어 앉았다. 차표 있어요? 차장이 의심의 눈초리로 우리를 쳐다본다. 하나나 다름없다니까요. 트렁크는 우리의 영원한 어머니. 아버지는 어느 날인가 물속으로 들어간 후 영영 죽지 않아요.

덜덜거리는 바퀴에 실려 세계에 도착했어요. 저 많은 트렁크는 어떻게 구분하나? 이름표가 끊어진다면? 고래 배 속에 소화되지 않은 크릴새우 같은 흐물흐물한 의심과 의문들. 문득 우리는 냄새를 흘렸다.

이사는 잘 했냐? 근데 우리 언제부터 아는 사이였더라? 창문에 어른거리는 저것이 네가 아니고, 나도 아니라면? 아니, 아니, 하나도 안 궁금해. 야야, 이제 슬슬 생각을 해 보

자. 기차에 대해. 플랫폼에 대해. 근데 우리만 남았나?

오징어, 땅콩 팔아요. 사이다, 콜라 팔아요. 도착하면 물 감부터 다시 사야지. 텅 빈 위장같이 기차가 깨끗하면 좋겠어. 바퀴 소리가 점점 분명해지고 있다.

오징어 있어요? 오징어는 하느작거리는 심해의 착한 오징어, 의자 구석에서 바삭한 것들이 흩어진다. 아아, 기차는 다정하기도 하지.

오징어 땅콩, 사이다, 콜라 팔아요. 바삭, 바삭, 우리는 오징어 안에 든 땅콩처럼 골똘하게 맛 좋은 생각을 했다.

아무도 피 흘리지 않는 저녁

너는 나를 뱉어 낸다
다정하게, 우아한 칼질로
무엇을 말하고 싶은지 모르는 채
무엇을 말하고 싶지 않은지 모르는 채
어떤 의심도 없이 또박또박 나를 잘라 내는
너의 아름다운 입술을 바라보며
나는 한껏 비루한 사람이 되어
저녁 위를 떠다닌다
텅 빈 하늘에 흐릿하게 별이 떠오르듯이
내가 너의 문장 속에 지워지지 않는 글자로 박히듯이
귀는 자꾸 자라나 얼굴을 덮는다
아무도 피 흘리지 않는 저녁에
네가 나를 그렇게 부르자
나는 나로부터 흘러나와
정말 그런 사람이 되었다
너와 나 사이에 열리지 않는 이중의 창문.
아무도 없는 곳에서
함부로 살해되는 모음과 자음처럼
아무도 죽어 가지 않는 저녁에

침묵의 벼랑에서 불현듯 굴러 떨어지는 돌덩이처럼
멸종된 이국어처럼
나는 죽어 간다, 이상하도록 푸르른 이 저녁에
휴지통에 던져진 폐휴지처럼 살기로 하자,
네가 던진 글자들이 툭툭 떨어졌다
상한 등껍질에서 고름이 흘러내렸다
네가 뱉어 낸 글자가 나를 빤히 들여다보자
그렇고 그런 사람과 그저 그런 사람 사이에서
네 개의 다리가 돋아났다
개라고 부르자 개가 된
그림자가 컹컹, 팽개쳐진 나를 물고 뒷걸음질 쳤다

눈
— remix

싸리나무 마른 가지 위에
향나무와 적산 가옥의 지붕 위에
너를 바라보는 나의 눈에
모처럼 알몸인 너의 그림자와
나를 닮은 그것이 옥신각신
다투는 작은 앞마당에
사계절 젖은 사람이 몽상을 저어 가는 거룻배를 타고
먹물주머니를 잊고 하늘거리는 오징어를 따라
꿈꾸는 봄 바다로 어리둥절하게
파도와 파도를 파도에게 파도가 파도처럼
중얼거리며
내리는 눈은
가로등 아래 여자가 눌러쓴 이국풍의 모자 위에
벙어리장갑 속 육손이의 손가락 위에
내리는
내리지 않는 눈은
울음의 북쪽에서 더 북쪽까지
길매나무까지 당나귀 산등까지
푹푹 나리다가

말집 호롱불 앞에 붐비는 그 눈은
내리다 말고 뒤돌아서서
하, 그림자가 없다는 듯
다시 하, 그림자를 주섬주섬 챙겨 들고
노랑 위의 검정 위의 다시 노랑
뒤범벅된 혼돈의 계절을 지우고
스무 황혼의 내일을 지나
회갈색 강아지의 꼬리털 위에
오오 하고 길게 내리는 눈은
망상처럼
분노처럼
네가 쓰다 만 첫 구절 위에
내리지 않고
사라지는
눈은.

서랍을 닫으며

― 전봉건 풍으로

숲을 흰빛으로 차오르게 하는 것은 무엇인가
사라진 후에 온전하게 돌아오는 목소리는 무엇인가
숲을 노란빛으로 뒷걸음질 치게 하는 것은 무엇인가
그림자를 먹고 자란 나무가 그림자를 잊으려 악착스레
저물 때
잎사귀를 칼날이게 하는 것은 무엇인가 기억의 목덜미
에 떨어져
나를 빨강으로 밀어 넣는 숲은 무엇인가
무엇인가, 어둠의 살가죽을 벗겨 내 어둠을 꿈틀꿈틀 죽
어 가게 하는 것은
단단한 허공에 밧줄을 매고 밤이 혀를 길게 늘어뜨릴 때
희미하게 깜박이는 나를 끌고 가는 들끓는 호수는
무엇인가, 호수 바닥에 묻힌 두 발은
쓰기 위해 서툴게 돋아나는 손은
그때 흰 등성이를 넘어 달려오는 검은 물결은 무엇인가
미풍 뒤에 도사린 돌개바람처럼 검정 뒤에 숨어 나를 조
각내 흩어 버리는
그리워할 수 없는 이름은 무엇인가
창문을 벗어날 수 없는 풍경이란 무엇인가

그럼에도 숲을 아무것도 아닌 빛으로 타오르게 하는 것은 무엇인가

초록의 바닥에서 어른거리는 것은 무엇인가

모든 색을 침묵하고 다시 흰 빛깔로 우는 숲은 무엇인가

3부

마흔

거울 속에는
길고 긴 복도
이 끝에서 저 끝까지
절룩절룩 걸어가는 사람의 뒤통수
(끝내 얼굴을 보여 주지 않는)
거울 속에는
향나무 그네를 타고 노는
어린 그림자 두 마리
(끝내 얼굴을 가지지 못한)
거울 속에는
꼬물꼬물 죽음의 어여쁜 발가락들

함께
흰밥을 먹는 시간
넝쿨 줄기처럼 나를 친친 감아 오르는 그들과,
밥상에 다정히 둘러앉아

밤의 공터

아이들이 모여든다 텅텅
공터에서 누가 공을 차는가

작은 발자국 위에 앞다투어 포개지는 큰 발자국처럼
흙먼지를 뒤집어쓴 운동장처럼

나는 무너지는 중이지
떠오른 채 잠시 정지한 공을 바라보며

데구르르 굴러가는 공은
언제 바깥으로 사라지나
하나 둘 셋 넷

얼굴 위에 늘어선 아이들은
언제 집으로 돌아가나

아이들이 흘리고 간 지저분한 것들이
바람에 날리듯
눈물이 흐르고

나는 모르는 척 생각 중이지
흩어진 아이들이 다시 모여 달리고
발자국이 얼굴 곳곳에 수북이 쌓이는 동안

큰 아이와 작은 아이는 언제 싸움을 그치나
큰 손과 작은 손은 언제 악수를 나누나

너의 얼굴과 내 얼굴이 뒤섞임을 잠시 멈출 때
빛은 스며들지

싸움을 마친 아이들이 다 돌아간 것처럼
청소를 끝낸 공터처럼

잠시 고요해졌다는 듯

한밤의 산책

길을 걷는데
너를 향해 자라나던 손가락이 조금씩 사라졌다

내가 뒤집어쓴 껍데기가 모래주머니 털듯
조금씩 나를 흘리면서 걸어가는 산책길

밤하늘에는 소용돌이치는 몇 개의 감정들이
녹다 만 알약처럼 둥둥 떠 있다

창문은 모두 부서졌다
서가에 숨긴 황금 장정의 책은 불탄 재로 흩날려 하수
구를 막는다

후미진 구석엔 두 동강 나 버려진 꿈의 시푸라기로 만든
빗자루
어둠이 여기저기 발자국 함부로 찍는 밤

그래도 우리는 서 있네, 불 꺼진 놀이공원에서 홀로 환
하게 돌아가는 대관람차처럼

흘러 나간 것들이 깜장 새끼 고양이처럼 말캉해져
좁다란 담장 위를 아슬아슬 뛰어가고
야옹야옹 너를 데리고 횡단보도를 건너 느리게
투명해지는 손가락, 손가락들

누군가의 목덜미 위에 얹혀 나는
서서히 돋아나기 시작했다

아무 목적 없이 땅을 거머쥐는 향긋한 칡 줄기처럼

자정, 파사칼리아

— 盛淵에게

서랍 속 손가락이

구불구불 넝쿨로 자라나

잠긴 얼굴 위로 드리우고

그림자를 다 갉아 먹은 진딧물 여자가

만발하는 어둠을 올려다보는 사이

아침 산책로를 따라 떠오르는 무지개처럼

한 겹 두 겹 다시 돋아나는 얼굴들

창문 너머엔 검고 아름다운 건반 두 그루

내가 너의 눈동자 안으로 걸어 들어가는 동안

시월

누군가 빠져나간 책
박쥐의 자세로 매달린
최초의 밤 위로 드리워지는 또 하나의 밤
아래로만 길어지는 손가락이
짚어 주는 미완성 문장
사라지는 나의 서가와
누군가 돌아와 무거워지는 책
물속에서 떠오르는 금빛 침대
불타는 봉분 안에 길게 누운
도마뱀
그림자를 달아나는 꼬리
발목 없이 달리는 장난감 말
끓는 수초의 바다
꿈속의 벌목

루벤스, 루벤스

일천육백사십 년에 그는 죽었다
천만에, 그 후로도 살았지 우리랑 함께
랄랄라 랄랄라 파트라슈가 부지런히 수레에 실어 달리
는 노래를 따라
내가 좋아하는 남자가 내가 더 좋아하는 여자를 빨래
하듯
질겅질겅 밟으며 드럼처럼 신 나게 두드릴 때
안 돼 파트라슈, 창문을 가린 짙은 사파이어 비로드 커
튼 맥없이 쓰러진 방 안의 갈색 머리채 하늘엔 피멍 든 얼
굴빛으로 번지는 노을
참 어여쁜 색깔이구나, 나는 황홀해져서
성화 앞에 선 가난한 우유 배달부 소년처럼 하염없이 방
안을 훔쳐보았네
잠새 새끼처럼 쌕쌕거리며 울고불고하는 동생을 데리고
밤 깊도록 검기만 한 가계를 위작했지
초록과 노랑은 라일락 그늘의 새싹
빨강과 파랑은 연못 그림자를 적어 내리는 붓꽃
파랑과 하양은 저 쑤르다는 꿈속의 하늘
그러면 그 모든 색깔 다음은요?

사실 나의 선생은 위대한 루벤스가 아니었네

일천구백오십일 년 전쟁 통에 홀로 죽은 그 선생도 아니라네

나의 선생은 원래 말이 없는 사람,

침묵과 색을 한꺼번에 가르쳤지

한때 내 꿈은 칼잡이가 되는 것

꿈속에서 근지럽게 돋아나는 희망의 한복판

날이 선 쌍둥이 식도를 푹 꽂고

분수처럼 색깔을 뿜으면서 멋지게 죽어 가는 것

전깃줄에 늘어앉아 총 한 방을 기다리는 참새 떼처럼

해마다 그 자리에 옹기종기 모여 죽지도 않는 그 애들과 함께

할 일이 없는 얼굴을 우물처럼 파 내려가며

잊고 읽고 드디어 다 자랐네

구백구십구 개의 퍼즐 조각 단 한 개의 조각을

영원히 잃어버린 오후반 아이처럼 걸어왔네

얼굴이라는 더 우려낼 것 없는 솥단지는 여태껏 펄펄 끓고 있네

그러니까 그래서 그게 다라네

사월, 노트

이파리의 숫자만큼 시끄러워지는 나무의 고백을 받아 적으며 서랍 속에서 깨어났다 너무 시끄러워 터져 버릴 것 같아, 서랍을 열고 밖을 내다본다 창문은 닫혀 있다 서랍이 나를 뱉어 내며 나지막이 말한다 사월은 길이 시작되는 계절, 너는 씨앗만큼 작아지고 모든 것을 잊어라 무표정한 얼굴로 이파리를 흔드는 나무들 이파리 넓은 그늘마다 잎잎이 내려앉는 햇살, 햇살, 햇살…… 나는 씨앗처럼 검어져서 길에 툭 떨어졌다 하늘에는 태양 소년이 구름을 밀쳐 내며 느릿느릿 페달을 밟고 지나가고 햇살로 짜인 골목을 걸으면 사라진 집이 솟아오른다 나에게도 집은 있어, 나는 서랍 몰래 무너지는 집을 향해 손을 흔든다 창문에 매달린 아이들은 꽃잎을 갉아 먹으며 자라고 얼굴마다 어두운 꽃물이 들고 나는 서랍 몰래 그 애들의 이름을 노트에 적는다 사월은 길 위에서 길을 잃어 가는 계절, 내 오래고 오랜 집은 사월에서 사월까지 불타오르고

고요한 시간

어제 죽은 햇살이 아름답다면
아직도 시끄러운 꿈의 목구멍에 굴러 들어와 틀어박힌
다면

모래 더미를 파헤치다 문득 발견한
진주 머리핀처럼 내일이
아무렇지도 않게 반짝이며
너를 찾아온다면

호수가 감쪽같이 잠잠해지고
고요함의 젖을 빠는 소리조차 모두 사라진다면

길을 지우고 길을 낳는
눈보라처럼
너의 한 발이 나의 두 손을 디디고 성큼성큼 걸어간다면

노을 한 뭉치

밀려오는데, 눈가에 닿아 도르르 풀리는데, 축축한 그 길을 따라 할머니는 돌아오시는데, 여기가 어디지? 어디지? 흑백사진 속에서 두리번거리시는데, 할머니, 돌아가세요, 어두워지기 전에 돌아가세요, 가만가만 어루만지며 돌아서는데, 여보, 아즈마니, 나 좀 펭양 진지동에 데려다 주우, 울 오마니 계신 데로 데려다 주소고래…… 할머니는 열일곱 깜장 통치마 高女 졸업반이 되어 먼지로 둥둥 떠도는데, 햇살은 절룩, 절룩, 다리를 끌며 사라지고, 이보오, 저 안의 늙은이는 뉘기요? 뉘기요? 열일곱 할머니는 거울 앞에서 떠날 줄 모르는데, 나는 어느새 할머니가 떠 준 스웨터를 입은 아기인 것도 같은데, 할머니, 할머니…… 칭얼칭얼했던 것도 같은데, 방 안에 스며든 어둠은 나를 가닥가닥 풀어 놓는데, 한 코, 두 코, 나를 이어 밤의 문양을 새기려는데, 이보오, 아즈마니, 아즈마니…… 할머니는 죽은 줄도 모르고 거울 뒤편을 떠돌고, 거울 속 혼자 남은 숟가락은 달그락달그락, 밤은 한 단 두 단 길어져만 가는데

물속의 편지

멋대로 출렁이는 파문이
좋아 파문에 쓸려 가라앉은 누더기 입술도
지문이 다 지워진 손가락으로 쓸래
고요한 밤하늘을 찢는
별똥별의 푸른 비명이 좋아
호수를 잔뜩 뒤덮은 플랑크톤처럼
내 위로 번식하는 내 얼굴이 좋아
불투명 유리창, 유리창 뒤엔 염탐꾼,
나를 바라보는 깨지지 않는 유리 눈알이 좋아
산산이 부서지는 물방울에게 쓸래
네가 좋아 조각난 손거울이 좋아

평일의 독서

조금도 독창적이고 싶지 않은 하루야.
오늘의 어둠은 어제의 어둠처럼 혹은
백 년 후의 어둠처럼 펼쳐지고
나는 다만 읽는 자로서 당신을 바라보네.
맥주는 정말 달력 속 맥주처럼 시원하고
꼬치에 꿰인 양은 한 번도 매애매애 울지 않아.
고백 없는 고백록의 금빛 장정처럼
내용이 사라진 중세의 신비한 금서처럼
당신의 페이지는 당신을 기록하지 않지.
당신이 내게 밑줄을 긋는다면
나는 온순한 낱장처럼 활짝 벌어져
끓어오르는 사막의 한가운데를 펼칠 수도.
오늘 나를 돌아 나가는 피는 제법 피처럼 붉고
시시각각 식어 가지만.
당신은. 나는.
오늘의 양고기와 내일의 후회에 대해
새벽 한 시 무심히 터진 울음에 대해
서로 다른 길 위에서.
정말이지, 오늘은 한 치의 오차도 없는 평행선의 날.

밤의 페이지가 천천히 넘겨지자
한 권의 책이 스르르 쓰러지듯
내 눈동자 밖의 당신이
잠시, 흔들렸을 뿐.
몸 안을 가득 채운 글자들이 쏟아지려다 말았을 뿐.
만년필에서 실수로 떨어진 한 방울 잉크처럼
당신은. 나는.

기념일

오늘 아침엔 갑자기 눈물이 났어
울다가 후드득 아이들을 떨어뜨리고 말았어

제발, 얘들아 붙잡은 손을 좀 놓고
아이스크림처럼 녹아 버리렴

기차가 선로를 결국 벗어나지 못해 덜컹거리듯
오늘 아침엔 갑자기 머리 위로 태풍이 몰아쳤어
여기저기 떨어진 아이들과
공중에 뜬 아이들이
모두 한목소리로 울음을 터뜨렸어

아이들은 지붕 위로 떠올라 새처럼 날아가네
날아가지 못한 아이들이 얼굴 위로 툭툭 떨어지네

또 무엇을 기념해야 하나
오늘같이 즐거운 날에는

당신-당신이라는 천년만년의 들락날락?

출발역을 잊은 스위치백 기차?

얼룩은 벗겨 낼수록 두꺼워지고
얼룩덜룩한 거울은 깨지고 나서야 빛났지

담장 뒤에 숨어 제 얼굴을 핥으며 지워지기를 기다리는
고양이처럼
　그렇게 밤은
　오지 않고

눈동자는 부서지지

일요일

마지막 페이지를 찢고 돛을 펼치러 가야지
말라붙은 강바닥에 길게 누워 할딱거리는 무지개 물고
기처럼

의문의 아가미를 낚아채 수평선 너머로 날아가는
고래새의 푸르스름한 날개를 그려 넣고서

나를 앞질러 뛰어가는 어여쁜 두 발은 잘라 버려야지
그림자가 완전히 사라진다면

열 개의 손가락이 투명한 물처럼 흐른다면
거위의 무수한 깃털로 흩날린다면

별을 배반한 별의 꼬리처럼
내가
빛난다면
잿더미 속에서 날아오를 책이라면

손바닥에 뻗어 나온 가지를 자르러 달려가야지

그가·닦아 놓은 하늘을 바라보다 눈먼 테라스
　　　위에 아슬아슬하게 놓인
　　　　　나를 닮은 인형들의 얼굴을 몽땅 박살 내려

한 눈은 영원히 감긴 채로
한쪽 눈은 나보다 먼저 깨어나
응시한다, 진창 속에 처박힌,
그러나 누군가의 실수로 꺼내질 동전 같은,
곧 무너지고야 말 마흔 개의 계단 위로 굴러떨어지는,

앞으로의 시간을.

잔잔한 물결 아래 조용히 썩어 가는 시체들을 꿰뚫어
보는 밤의 두 눈과
　구름에 홀려 벼랑에서 굴러떨어져 산산조각 나는 돌멩
이 소리
　여러 겹 불안으로 달싹이는 노을의 입술

네가 말해 준 이 모든 것

결국 나는 여러 개의 목소리로 남는다

명멸과 경멸로 수군대는 숲의 그늘 아래서

흰빛과 검은 건반이 뿜어 대는 아름다운 액낭(液囊) 안
에서

마지막 페이지를 쓰러 돛을 펼치러 가야지

떠오르듯이

순례를 마치는 공손한 종이처럼

손톱과 발톱이 자라듯이

종이 상자

상자를 만들어요. 십 년 됐어요. 당신에게 주려고요.

상자는 잔디밭에 있어요. 흔들리지 않는 잔디 풀 옆에. 혼자 흔들리는 잔디 풀 옆에. 아니, 흩어지는 구름 아래. 매 애애애 하나로 뭉쳐져 똑같은 모양이 되는 양 떼들 아래. 아니, 올라가는 층계. 아니, 내려가는 층계. 그곳에 상자는

없어요. 아름다운 잔디밭엔 잔디가 없어요. 안녕, 엄마, 안녕, 동생아. 이제 자러 갈 시간이야. 다 버렸어요. 새 장난 감들로 채웠어요. 아니, 아니, 상자 말구요. 상자는

말이 없어요. 당신은 다 알고 있지요? 나는 칠월의 무성한 포도 넝쿨, 상자에 묶인 어여쁜 빨강 리본을 그리워해요. 상자엔 빨갛고 기다란 싸구려 노끈, 노끈 아래엔 물고기 시체. 혹시 울어요? 물속같이?

종이가 금방 찢어질 것 같아요. 상자를 만들어요. 십 년 후에요. 당신에게 주려고요. 오직 당신을 위해 찢길 상자 하나를. 당신도 알지요? 십 년 전에.

프라이데이 클럽

금요일엔 꼭 만나기로 해요

우릴 닮은 친구들이 뿔뿔이
집으로 돌아가면

아주 단순해진 얼굴로
창문을 열기로 해요

황혼이었던 사람과
바다로 떠난 사람이
다시는 돌아오지 않는

금요일은
온통 귀뿐이에요

흘러 나갔던 친구들이 귓속으로 쏟아지는 이 시끄러운
밤은
　주름투성이 커튼에 휘감겨 숨을 거두는 고양이처럼
　아주 조금 울고 싶어요

숨은그림찾기는 그만하기로 해요

여름이 여름을 향해 뒷걸음질 치고
이내 지겨워진 나무들이 이파리를 뚝뚝 떨구는
너무나 환한 아침

우린 가장 아름다운 정오가 되어
다신 나타나지 말기로 해요

어제 말고 오늘 말고 내일은
꼭 사라지기로 해요

생일

뛰쳐나간 얼굴이
영영 돌아오지 않는다

문을 열어 두었더니
내가 사랑한 계단이
바닥을 힐끔 보여 주고 달아난다

목 위를 상상하는 것이 즐겁다
싹둑싹둑 잘려 흩어져야지
두 팔은 활짝
소용돌이치는 피 냄새에 흠뻑 취해

닫힌 창문을 열고
　　나는 아래로,
　　　　　아래로,

내 안,
하나둘 서서히 눈 뜨는 시체들이
빈 화첩을 펼치고
나를 아무렇게나 그려 넣을 때까지

4부

수중 극장

똑똑…… 닫혀 있다면 나는 물속입니다 쉿, 입 모양은
영원히 나만의 것 버드나무 서랍과 땅강아지 내가 죽인 벌
레들 동물원 털옷 그리고 내 입에 채워진 엄마, 아빠, 나의
망가진 자물쇠들, 한껏 흐려져서 아무 말이나 지껄여 봅니
다 털옷을 뒤집으면 미처 잘라 내지 못한 실밥이 떨어지
듯이 나는 당신의 재봉틀 앞에 수십 번 펼쳐지는 마름질
하다 만 천 쪼가리, 끈끈하게 녹아 나에게 악착같이 달라
붙어 보는 솜사탕. 구름은 여전히 나에게 슬픔을 명령하
고 문과 벽은 창을 뒤로한 채 앞다투어 무너지고 이제 그
만 휘핑크림처럼 달콤하게 녹아 물도 물방울도 다 사라졌
으면 누군가 바삭바삭한 모래 더미로 데려가 숨통을 처박
아 주었으면 간절하게 똑똑, 나를 빠져나간 색색의 문밖에
던져둔 사랑스러운 열쇠들을 떠올립니다 마개를 열어도 빠
져나가지 않는 머리카락처럼 더러운 것들은 남아 떠다닙
니다 똑똑, 닫혀 있다면 박수를 보내 주세요 나는 다르게
응답하겠습니다 한 목소리가 한 목소리를 몰라보는 순간
은 영원히 나의 것 나는 이제 빛바랜 빨래처럼 마음껏 늙
겠습니다

인형 탄생기

처음엔 고무 덩어리였죠. 나를 만든 아주머니는 백한 번째 얼굴을 완성하는 중이었어요. 엄마, 엄마, 엄마, 나는 거듭거듭 태어났습니다.

예쁜 이름이구나. 누군가의 목소리 속에서 나를 처음 불러 봤어요. 백한 개의 포장 박스가 차곡차곡 쌓였습니다. 얘들아, 모든 이름을 사랑해.

처음엔 그저 고무 덩어리였죠. 서로를 바라보며 눈을 떴어요. 그런데 얘들아, 나는 누구니? 같은 모양의 이파리를 잔뜩 매달고 문득 호수를 굽어본 나무들처럼 우리는 깜짝 놀랐구요. 눈코입은 미로를 따라 끝없이 달아났지요.

발자국은 언제 발견될까요? 지도를 버리세요. 유리창에 매번 다른 지문을 찍어 대는 눈발처럼 몸은 드문드문 변하고 있지만요.

아직 다리는 두 개. 손가락은 다섯 개. 나는 가까스로 나와 닮은 얼굴을 하고 있어요. 아직은 인간의 혀를 가지고 싶지는 않습니다.

눈코입은 어디쯤에서 멈출까요? 거의 다 달려왔지만요.
좀 더 먼 곳을 추적하는 사냥꾼처럼 쉬잇 걸음을 멈추고,

아라베스크

어둠이 문 앞에서 서성일 때

밤의 실패를 풀어내던 꿈속의 소녀가
텅 빈 바깥을 내다볼 때

머리로부터 벗어나려는 머리카락의 합창처럼
한 박자 늦게 연주되는 현(絃)의 팽팽한 열기처럼

소녀가 빙글 돌고
두 눈부터 알록달록한 색실처럼 스르르 풀어질 때

한 소녀가 또 한 소녀 속으로 감겨들어 가
감쪽같아질 때

한 소녀가 막 빠져나온
한 소녀의 윤곽을 마구 흩어 버릴 때
달무리 지듯 뭉개질 때

밖으로 사라진 소녀가 무엇을 망설일 때

돌아 나온 소녀가
무엇을 망설이는지 몰라
울음을 터뜨릴 때

일그러진 얼굴 속에서 누군가 천천히 걸어 나올 때
어둠 속에서 빛나는 혀가 돋아날 때

오늘 소원

그림자는 오늘 내내 나와 화목하다
창문을 넘어 들어온 구름은
반듯한 창틀 위에 흰 머리카락을 떨어뜨린 채 종일 떠나
지 않고

오늘은 지하로 향한 층계가 조금 줄어들어 행복하고
오늘의 후회는 진보 성향의 잡지 구독을 거절한 일
그래서 오늘 소원은 수생식물처럼
뿌리째 흔들리며 자라는 것

하지만 오늘은 산 자들을 무섭게 질투하며
그림자와 똑같은 걸음걸이로 뒤로 걸어가야지
미끄럼틀에 앉아서 본 어제의 기어가는 개미들처럼
정말 명료하잖아, 정확히 삼등분되는 인생이란

이제 조금 지나면 구름은 떠나고 가장 가까운 골목길이
너와 나를 환하게 나누러 불을 켤 시간

발자국은 더 깊고 가볍게

길을 만들며 까맣게 데굴데굴 굴러가는 개미들과 함께
그러나 발자국 밑에서 너무 쉽게
으스러지는 개미의 일생과 함께

살아 있는 모든 것을 질투해야지
파인애플 깡통의 끈적끈적한 국물처럼
대책 없이 흘러나오는 믿음이 필요한 날

우리는 걸을 수밖에
동그란 점이 되어 문장 끝에 놓일 때까지
진물을 흘리며 으스러질 때까지

K에게

너는 노래하지
첨탑 위에서 치렁치렁한 물음표를 늘어뜨리며
바깥으로 난 푸르고 작은 단풍나무 숲 산책로를 상상하
면서

계단 아래로 너를 데려다 줄 하얀 말을 기다리지
전서구에 암호문을 매달아 날리며

그림자로 재단한 옷과
모조 별빛 촘촘히 박힌 빗을 사랑해
머리카락이 낳은 가장 아름다운 이야기란 듯
공들여 나를 치장하려고

그러나 나는 불타는 중이지 네가 버린 도시의 망루 위
에서
심판대를 내리치는 망치에 으깨져 헐떡이는 열 개의 심장
그을려 뒹구는 두개골의 옆, 감길 줄 모르는 열두 개의
눈과
핏자국 자욱한 펜대 위를 내달리는 여섯 개의 손가락과

함께

너는 오늘도 나를 찾아 헤맨다
네가 세운 마천루의 캄캄한 눈동자 위로
꿈꾸듯 흔들리는 오렌지 빛 손전등을 들고

너의 도시 후미진 변두리에,
뿌리로부터 도망치는 네 손의 식어 버린 혈관 속에,
화로 잿더미 속 두근거리는 심장 속에,
발각되지 않는 나를 찾으러

첨탑을 오르지
산책길에 주워 온 두 손을 수건처럼 얌전히 걸어 두고
네 혈족의 구리거울 속 갇혀 울부짖는
얼굴 없이 늙어 버린 소녀를 따라 긴 치마를 질질 끌며

골목의 아이

골목을 걷다가, 골목을 빠져나오다가, 막다른 골목이…… 축하해 줘. 골목을 알게 될 때. 담벼락의 낙서, 누군가의 가래침, 그리고.

아이들. 골목이 꽉 찰 때까지 얘들아, 얘들아, 한 아이는 두 아이를 부르고 어른의 옷인 양 그림자를 갈아입으며 부서질 때까지 달리지. 멈추었을 때 질주하던 그림자는 가루로 부서졌어. 내가 사방으로 흩어져도

왕왕 뒤따라오는 강아지는 죽지도 않네. 얼굴 위를 달음박질치는 빛처럼. 튼튼한 종족들이지. 쥐도 새도 모르게 도망쳐야지. 햇빛은 점점 길어지고, 손이 닿는 곳에서부터 손이 닿지 않는 곳까지. 환해지는 아이들과 어두워지는 아이들. 내 혀가 점점 무거워.

목구멍에서 갑자기 빠져나가는 울음처럼 실컷 놀다가 갑자기 사라져 버리는 순간이 있지. 이상해. 나는 매번 다른 골목을 들어섰을 뿐인데 늘 같은 골목처럼, 담벼락에 부딪치는 눈발이 얼룩을 불러오듯 눈이 사라진 자리에 구멍이

남듯

할 일이 없어서 나는 여전히 그대로지. 침을 퉤, 뱉고 지
나가면 쓱쓱 문지르면서.

문 앞의 사람

문은 열렸다 닫혔다 하구요. 내게 스민 표정들이 나뭇가지를 떠나려는 새 떼처럼 날개를 활짝 펼쳐요. 나는 곧 민둥산처럼 고요해질 거예요.

하루 종일 너무 많은 사람들을 만났어요. 오랜만이구나. 우리는 어릴 적 동무잖아. 나는 네가 죽은 줄 알았는데. 벌써 오래전의 일이라구? 어서 와. 눈동자는 깊은 밤의 숲처럼 수런거리죠. 여기는 너무 비좁구나. 나는 내내 누워 있었는데 사람들은 나뭇잎처럼 돋아나고

열매처럼 데구르르 굴러 사라지고. 이렇게 많은 열매라니. 우리 고향에선 밤을 딸 때 치마를 활짝 펼쳤죠. 나는 치마를 펄럭이며

저 먼 길을 헤치며 달려가겠어요. 문밖에서 부르는 사람이여. 당신은 처음 보는 사람이군요. 당신의 목소리는 마치, 마치, 마치, 해가 뚝 떨어질 때까지 흔들리는 숲 같군요.

느릅나무 껍질에 돋아나는 버섯처럼 죽은 사람들은 벽

을 흘러 다니며 노래를 불러요. 저 시간의 검은 장롱이 내
얼굴을 아무렇게나 개켜 차곡차곡 쌓아 놓을 때

　오랜만이구나, 곧 노래는 멈추어지겠죠. 내 심장은 조금
씩 고독을 알게 될 거예요. 나는 이제 올올이 풀어지는데

　문밖에 선 사람이여. 당신의 목소리는 마치 마치 마
치…… 아, 나는 이다지도 가벼워지고

　조금 눈물이 나요. 멀리 사라지는 산과 들과 벌판을 향
해 나는 가볍게 손을 흔들고

별이 빛나는 밤에

내 위에는
맨발로 밟아 깨뜨린 유리알 조각들이 박혀 있다
피 흘리는 당신들이 나를 끌고 간다

반짝,
임대 아파트 십 층 베란다가
투신하는 가장의 비명 소리를 간신히 붙잡다 무너지고
반짝,
매 맞아 죽은 저 먼 페르시아 앉은뱅이 노동자 아이는
공장에 박혀 제 몸을 자아 카펫을 짠다

별빛 뾰족한 모서리, 점점 일그러지는
세계는 내가 아끼다 휴지통에 넣어 버린 구멍 난 애드벌
룬 같다

차가운 이슬 창백해진 대리석 위에 바쳐진
백합 다발의 썩은 내와 아릅다운 묘비명의 시간

나에게선 영영 새것의 냄새가 사라지고

밤의 베틀 앞에 수천 년 동안 앉아 있는 사람은
천천히 손을 들어 풍경을 엮는다

나는 최후의 무늬를 알 수 없는
한 올의 색실처럼 은밀해져서

별이 총총
먹색 침묵 위로 엎질러지는 밤에

당신의 호수

다음은 무엇일까
넘칠 듯 일렁임을 감춘 수면은

한 겹 또 한 겹 커튼 너머
드러남을 두려워하는 사소한 표정은

무엇일까 소용돌이는
어둠과 꿈의 수초가 뒤엉킨 물 아래로부터

감춘 것들은 떠오르지 않아
당신의 일그러지는 얼굴이 당신을 모르듯

스치듯 스며들다 튕겨 나가는
물방울을 주워 모으며
나는 기슭에 서서 노래하네

한 사람이 늘 같은 자리에서 넘어질 때
일어나 절룩거리다 또 넘어질 때
피투성이 무릎, 그 무릎의 둥근 무늬처럼

입을 벌리고

귀는 불어 터지고
젖은 두 눈은 반쯤만 말라 가지

휘파람새는 휘파람 흉내에 일생을 바치나
목소리는 맘껏 상해도 좋아
그러니 노래를 계속할밖에

수면 위로 다시 어둠이 번지고
당신은 천천히 잠겨 드네

낙하 직전의 물방울이
무언가 각오하듯
눈을 질끈 감고

가방

잠들 무렵 나타나는 가방은 발성법을 모르고 분홍을 모르고 장난감을 모르고 나와는 전혀 닮지 않은 가방은 노을을 파는 상점에서 온 것이다 지워지지 않은 얼룩을 가진 가방은 내가 모르는 고장에서 유년기를 보낸 가방은 지저분한 그늘에 집착하는 가방은 컹컹 울다가 컹컹 비명을 지르다 개처럼 질질 끌려온 가방은 제멋대로 나를 집어넣고 지퍼를 닫는다 잠들 무렵 배달되는 가방은 잠 속으로 열 개의 문장과 하나의 이야기를 밀어 넣는다 잠도 지루해 다른 이야긴 없니 묵어(墨魚)를 닮은 가방은 지극히 상투적인 가방은 가끔은 나와 이곳에서 저곳까지 흘러 다니는 가방은 귀가 없고 어제보다 더 시끄럽다 내 목소리를 싫어하는 가방은 그제보다 조금 늙었고 오늘은 내일보다 더 늙어서 온다

독서 클럽

얘기하기 좋은 밤이야. 우리는 각기 다른 곳에서 왔지. 우리는 가까스로 모였어. 너는 그냥 듣기만 하면 돼.

우리는 각자 다른 곳에서 태어나 너의 머릿속을 흘러 다녀. 내용 없는 음악처럼. 웅얼거리지. 잠이 사람들의 발을 지우듯. 신비한 이야기가 이 세계와 저 세계를 둥둥 떠돌듯. 얘, 너는 벌써 지워져 버렸구나. 아직 한 줄도 읽지 못했는데

더럽고 어두운 페이지가 펼쳐지는 밤이야. 몇천 년 동안 살인 사건과 치정극이 쏟아졌어. 이야기는 바람처럼 떠돌다가 돌풍이 되어 세계를 덮쳐. 너의 머릿속에 회오리가 치는 걸 보여 주겠어.

모든 첫 페이지는 피로 넘쳐. 오늘은 너의 차례였지. 아, 그를 죽이고야 말았구나. 어쩌면 좋아. 네 머릿속은 점점 피로 물들지. 무언가 위로를 받고 싶은 사람? 별이 부르르 떠는 밤이야. 심장이 쿵쿵 뛰듯이 너는 옛이야기를 들을 뿐.

태초에 책은 아버지의 시체 위에서 태어났단다. 마지막

엔 너는 너를 어떻게 하면 가장 아름답게 죽일까 고민하겠지. 별빛이 얼굴을 반사하는 밤이야. 아아, 내 손은 왜 피투성이가 된 걸까. 하지만 우리는 반성하기 위해 여기 모인 게 아니라구.

다음 페이지를 읽어 볼 사람? 얘, 몸 가득 글씨가 새겨 있구나. 일기장처럼 빤한 얼굴을 하고서. 눈을 감고도 읽히겠구나. 우리는 단지 읽으러 모인 거야. 책이 되려고 온 게 아니라구.

우리는 뜬구름 같고 시끄럽지. 우리는 떠들고 너는 받아 적네. 두 세계가 열려 있다는 건 오래된 착각. 이야기는 이야기의 세계로. 뜯긴 낱장처럼 우리는 바람에 솟구치지. 얘, 이제 받아쓸 시간이야.

삶과 죽음 사이의 실 놀이

서동욱(시인·문학평론가)

1 깨어진 거울

이것은 한없이 부드러운 세계이다. 황금을 녹인 물에서 실을 뽑아내듯 말들이 이어지며 베틀 위를 미끄러지고 아름다운 치맛자락으로 펼쳐진다. 딱딱한 것 또는 고정된 것, 그러니까 실체적인 것이라곤 아무것도 없다. "빛과 어둠이 섞이는 은회색의 혼돈"(「자화상을 그리는 시간」)이 뒤덮고 있으며 "텅 빈 하늘에 흐릿하게 별이 떠오르듯이"(「아무도 피 흘리지 않는 저녁」) 형체 없는 것들로부터 광채 나는 무엇인가가 생겨났다가 사라진다. 그런 운동이 '반복'된다. 이 세계에선 무슨 일이 일어나고 있는 것일까?

김경인은 거울을 깨뜨리는 시인이었다. 첫 시집 『한밤의 퀼트』(2007)는 우기의 어두운 밤하늘을 감전시키며 지나가는 빠른 광선들과도 같은, 거울을 깨뜨리고 지나가는 도발적인 선들로 가득 차 있다. 왜 도발적인가? 거울은 늘 우리를 감시하는 눈인데, 우리가 자기 자신이라고 믿고 거울에서 바라보는 것은 기실 우리를 감시하는 타자의 시선이기 때문이다. 자아가 내면에서 자신으로 받아들이는 화장과 머리 모양과 표정은 모두 타인의 시선이 만든 것, 타인의 시선 앞에 바쳐진 제물인 것이다. 때로 문화라고 불리기도 하는 이 제단을 부수는 것, 그래서 문화 안에 정해져 있는 우리의 정체성을 사라지게 만드는 것은 시가 부여받은 위험한 소명이다. 만일 문화에 순응하지 않는 낯선 언어가 있고, 그것이 자신의 피난처를 시에서 찾아왔다면 말이다. 또한 그것은 정치적인 소명일 텐데, 수립된 문화 안의 지배적 가치에 의존하고서 작동하는 것이 현금의 지배적인 정치적 힘이기 때문이다. 그래서 김경인은 거울을 모두 깨뜨리고 말했다. "더 이상 깨질 것 없구나. 거울을 버린 자는 중얼거린다".(김경인, 『한밤의 퀼트』, 랜덤하우스, 2007, 92쪽)

어떤 의미에서 이 시집은 첫 시집이 이룬 중요한 성과, 바로 거울의 폐허 위에서 시작된다.

어제의 채굴꾼들은 일손을 놓고 말합니다.
파헤쳐도 도무지 아무것도 없어,

산산조각 난 거울 조각이구나

　　　　　　　　　──「자화상을 그리는 시간」 부분

　예전에 청동거울을 바라보며 참회라는 방식으로 죄의식
에 자신을 매개해서 자기 정체성을 거울 속에 떠오르게 만
들던 어떤 시인은, 언덕 위에 자신의 이름을 보물 상자처럼
보관한 적도 있다. 무덤처럼 정지한 정체성이 그가 어디에
있건 쉽게 산산조각 나는 구름같이 그의 생이 흩어지지 않
도록 그를 지켜줄 것이다. 그러나 김경인에게는 바닥을 파
헤치면 왕국의 주춧돌처럼 견고한 정체성의 뿌리가 있는
것이 아니라, "산산조각 난 거울 조각"만이 발견된다. 이것
이 김경인의 자화상, 바로 자화상을 배반하는 자화상이다.
이렇게 말해도 좋다면 그 자화상은 "깨어진 거울 앞에서
가장 또렷해지는 절망의 이목구비"(「꽃을」) 같은 것, 즉 가
장 정확하게 초점을 맞추어 그린 얼굴이 깨어짐 자체인 것
이다. 이 어두운 채굴꾼들의 세계, 아무런 정체성도 가지지
않는 것들을 발굴하는 도로(徒勞) ── 발굴해 낼 어떤 정체
를 지닌 대상이 없으므로 이 노동의 본성은 당연히 '도로'
이다. ── 의 세계가 일차적으로 김경인의 관심사를 이룬다.
　깨어진 유리의 세계는 문자 그대로 빛깔들의 무질서한
세계로 표현되기도 한다.

　빨강처럼, 초록처럼, 파랑처럼, 보라처럼, 아니 검정처럼

턱없이 모자라거나 남아도는 빛깔들이 나를 완벽하게 망
쳐 놓을 때까지

　　　　　　　　　　　　　 ──「미술 시간」 부분

　모자라거나 남아도는 빛깔들, 즉 질서나 균형 속으로 들
어서지 못하는 빛깔들이 '나'를, '초상화'를, 그러므로 모든
정체성의 표식을 "완벽하게 망쳐 놓"는 것이다. 그러니 이
세계는 단적으로 주체가 부재하는 세계이다. 바닥으로 내
려가는 채굴꾼들이 형태를 지닌, 즉 정체를 지닌 어떤 것
도 발견하지 못하는 당혹의 세계 말이다.

2 계단

　그리고 내려가는 '계단'이 출현한다. 왜 이토록 계단이
많은가? 계단의 이미지는 이 시집 전체에 분포되어 있으
며 김경인이 만들어 내는 가장 지배적인 시적 표현들 가운
데 하나다. 계단은 "검은 계단"(「꽃을」)이란 표현이 알려 주
는 것처럼 늘 두렵고 불길한 것이며, "계단 아래로 너를 데
려다 줄 하얀 말을 기다리지"(「K에게」)라는 구절이 이야기
하듯 이 시집의 한 유력한 운동(내려가기)을 지배하는 것이
다. 계단 아래란 무엇인가? 당연히 그것은 탐구자들, "채굴
꾼들"이 겨냥하고 있는 곳이다. 바닥으로 내려가는 시적 상

황을 가능케 하는 표현적 장치가 바로 계단이다. 그것은
단단한 지면 같은 어떤 확고한 장소, 그 위에 집과 마을과
나라를 짓고 한 시민의 얼굴과 정체성을 부여받을 수 있는
자리인가? 그렇지 않은 것 같다.

곧 무너지고야 말 마흔 개의 계단 위로 굴러떨어지는,

앞으로의 시간을.

— 「일요일」 부분

계단은 어떤 안전한 지반으로 우리를 인도하지도 못하
며, 그 자체에 의지할 수도 없이 무너지는 계단이다. 또는
디디기 어려운 "진초록 이끼, 미끄러지는 돌계단"(「이웃」)이
다. 이 계단이야말로 정체성을 사라지게 만드는 저 깨어진
거울의 운명으로 우리를 인도하는 어두운 터널인 것이다.
"어질러진 계단을 비추는 거울 조각".(「고백하는 물병」) 계단
의 저 아래에서 올라오는 것이라곤 깨어진 거울 조각의 파
괴된 빛줄기들, 아무런 형상도 만들어 내지 못하는 무질서
한 광선들밖에는 없다. 결국 계단은 정체성을 유지하지 못
하고 미끄러뜨리고 무너지게 하고 사라지게 하는 계단이
다. 저 무너지는 계단 위를 딛고 움직이는 것이 바로 이 시
집 전체를 통과하는 운동감의 주요한 한 국면인 것이다.
무너지는 계단 위의 시간은 사라지는 시간이며, 그 시간

이 지닌 소멸의 힘은 이렇게 다른 오브제를 통하여 표현되기도 한다. "필라멘트는 정확히 한 시간 후에 꺼질 것입니다// (······)우리는 아른거리며 사라지는 연기입니다// (······) 기다릴 시간은 많지 않아요 가까운 곳에서 먼 곳까지 우리는 적어야 할 것이 많고 당신은 거의 투명해진 것 같습니다 구름 위로 사라지듯 그렇게".(「채록자들」) 한없이 부드러워 보이는 언어로 짜인 이 시집의 시편들을 깨워 내 계속 춤추게 하는 것이 있다면 바로 저 사라짐을 겨냥하는 '시간'이리라. 사라지는 시간에 대한 예고가 시어들을 곤두박질치기 직전의 화병들처럼 불안감 속에서 움직이도록 만들고 있다.

그리고 이 계단은 얼마나 두려운가? 바닥에 닿으면 평지가 있는 것이 아니라 모든 것이 뚫리고 무너지는 혼돈이 있기에 이러한 외침이 울려 퍼진다. "계단이 지하를 뚫기 직전이야. 필사적으로 살아야 해."(「이사」)처럼. 그것은 대면하기 두려운 계단이라 시인은 이렇게 말하기까지 한다. "오늘은 지하로 향한 층계가 조금 줄어들어 행복하고".(「오늘 소원」) 길이가 조금 줄어들어 사라지는 것을 바랄지언정 이것은 시인의 운명에 속하는 계단이다. 운명이란 무엇인가? 그것은 하도록 되어 있는 것이다. 운명에 속하는 계단은 시인이 디디고 내려가 볼 수밖에 없는 계단, 그런 뜻에서 사랑할 수밖에 없는 계단이다. "내가 사랑한 계단이/ 바닥을 힐끔 보여 주고 달아난다".(「생일」) 여기서 물론 "힐끔"이

라는, 순간의 불안정성은 '무너짐'이나 '미끄러짐' 같은 계
단을 꾸민 말들과 상관적이다. 계단이 미끄러지는 계단 또
는 무너지는 계단이라면, 계단 위에서 바라보는 바닥은 힐
끔거림으로밖에 안 보이는 것, 바로 '달아나는 풍경'인 것
이다. 아무런 정체도 남기지 않은 채 달아나는 그 풍경은
"아무것도 아닌 공터"와 "궤적을 그리며 굴러가 마침내 사
라지는 표정들"(「단 하나의 노래」) 그리고 "서서히 낯빛을 잃
어 가는 숲길"(「숲」) 같은 쓸쓸한 시구들로 옮겨 다니며 출
몰하기도 한다. 그리고 계단에서 미끄러져 내리며, 저 무너
지는 풍경을 바라보는 시인의 마음이란 "망설임 속에서 놓
일 자리를 찾는 바둑알의 심정"(「자화상을 그리는 시간」)이
라고 해야 하지 않을까? 어디에 놓여야 할지 자리를 알지
못하는, 깨어진 거울 조각에서 조각으로 옮겨 다니며 사는
한 줄기 빛 같은 생을 짊어진 자의 심정 말이다. 당연하게
도 그런 생은 이름도, 얼굴을 알아볼 만한 정체도 가지지
않는다.

　어제는 이름 바꾸기 놀이를 했어요. 한 이름과 다른 이름
은 어떻게 구분하니? 그 애에게 물었을 때 몰라, 몰라, 몸에
다닥다닥 붙은 이름들을 떨어뜨리며 그 애는 울었어요. 얼굴
은 이미 지워진 것만 같았어요.

　오늘 나는 구겨지다 만 종이였다가 오후 다섯 시의 바람

이었다가 지금은 거의 안개의 목소리입니다.

—「수업 시간」 부분

　고정된 이름도 없고 고정된 얼굴도 없다. 이름들과 얼굴들의 변화만이 있다. 그러니 미리 말하자면, 이름들 모두를 사랑하는 것 외에는 해결책이 없을 것이다. "구겨지다 만 종이", "다섯 시의 바람". 그리고 아무것도 보이지 않는다. "안개". 이러한 고정되지 않은 이름들의 변화하는 국면에 몰두한 철학자가 있었다. "우리는 하나의 사건(하나의 삶, 한 계절, 바람 한 점, 한 번의 전쟁, 5시 등등)이 지닌 개별성을 만들어 내는 것이 무엇인지 궁금해한다. 더 이상 인격들이나 '에고들'을 형성하지 않는 이 개별화들……."(G. Deleuze, "A Philosophical Concept…", E. Cadava, P. Connor, J-L. Nancy (eds.), *Who comes after the Subject?*, New York, Routledge, 1991, 95쪽) 거울이 깨어지고 아무것도 남지 않았다면, 거울의 물음에 '나'라고 대답할 주체, 인격, 에고가 사라졌다면, 모든 것이 변화할 뿐인 이 혼돈의 도가니 속에서 무엇이 순간순간 모습을 드러내는가? 김경인의 표현을 빌리자면, 계단이 무너지고, 계단에서 미끄러지고, 거기서 보이는 풍경이 힐끔거림으로밖에 보이지 않는 달아나는 장면인 때, 무엇이 '생성 변화의 짧은 순간 속에서' 솟구치며, 구겨지다 만 종이, 다섯 시의 바람, 거의 안개의 목소리로 드러나는가? 거울 속에 갇히는 형벌처럼 영원히 하나의 형상 속에서 사는 일을 저버린 주체, 그때그때 혼돈 속에서 출현했다 사라지는 그런 주체도 가능한 것인가? 도대체 생성 변화 속에서 마치 고정된 무엇인 양 명사의 부름에 응답하는 것들이 출현한다는 사실을 어떻게 설명해야 할까?

김경인의 시는 이런 어려운 물음에 가닿고 있다. 이것은 한없이 부드러운 세계이다. 황금을 녹인 물 같다. 그러나 돼지의 살처럼 겹겹이 막힌 막연한 질감이 우리의 눈과 코를 뒤덮는 것이 아니라, 명사에 응답하는 개별성이 깨어진 조각처럼 반짝이며 출현했다 사라진다. 계단을 통해 시인이 내려간 저 "바닥"은 바로 이런 세계, 고정된 이름이 사라진 익명성의 세계이며, 그럼에도 무엇인가가 거울의 파편처럼 잠깐씩 반짝이면서, 명사의 과업을, 즉 형태를 가지는 것의 과업을 이루려는 세계이다.

> 잘 가라, 드디어 이름이 나를 놓아주었다 하지만
> 두고 온 비스크 인형들은 침수된 지하실에 갇혀
> 한 움큼 햇살을 쥐기 위해 아우성친다
> 부서진 거울들이 서로를 반사하며 자가발전하는 집에서
>
> ──「그 집 앞」 부분

도대체 저 부서진 거울 조각 속에서 잠깐씩 반사되는 빛의 파편들은 무엇일까? 지하실에서 아우성치며 나오려는 것들은?

3 죽음

시가 창출하는 무인칭이나 익명성을 이야기하는 데서 그치는 것이 중요한 것이 아니라, 어떻게 그 익명성의 소용돌이 속에서 '현실화'하는 사건이 생기는가를 보이는 것이 중요하다. 사건의 현실화가 없다면 익명성은 그냥 곤죽 같은, 멈추어 있는 질료의 무덤에 불과하다. 또는 그 익명성은 아무런 창조도(현실화도) 하지 않고 멈추어 있는 죽은 하느님 같을 것이다.

그리고 현실화하는 사건이 있다면 잠시 잠깐에 그치는 것이라도 하나의 '명사'의 부름에 응답하는 것, 즉 '개별적인' 정체성을 담은 형태를 지닌 것이다. 그리고 현실화하는 모든 개별적인 이름은 그것을 이름으로 인지하는 자, 이렇게 불러도 좋다면 주체 없이는 불가능한 것이라는 점에서, 현실화하는 사건은 근본적으로 주체의 현실화이리라. 그러므로 문제는 이렇다. 어떻게 익명성으로부터 주체는 현실화하는가? 익명성의 파도에 떠밀려 왔다가 다시 사라지는 것 같은, 잠깐 반짝이는 한 순간의 주체, 영구적인 형상 속에 고정되어 있지 않은 주체는?

일단 다시 '계단'으로 돌아와 볼 필요가 있다. 매우 예외적으로 이 세단이 우리를 혼돈의 바닥으로 이끄는 일을 그만두는 일이 생긴다.

계단이 나를 엄마라고 불렀어

그다음에 얼굴이 돌아왔지

　　　　—「그레고리오 성가를 부르는 저녁」부분

　계단은 혼돈의 늪으로 사라지는 자를 불러 세우고 "얼굴"을, 그러니까 개별성의 징표를 돌려주기도 한다. 도대체 계단에 무엇이 숨겨져 있는 것일까? 아래의 무서운 구절이 등장한다.

편지를 줄게, 계단 아래서

계단 아래 묻힌 그 애 아래서,

손가락이 다 자라면.

　　　　—「그레고리오 성가를 부르는 저녁」부분

　계단 아래는 놀랍게도 죽음이 자리 잡고 있다. 누군가 거기 묻혀 있는 것이다. 그러니 우리는 매우 이상한 정황 속으로 끌려 들어와 있다. 채굴꾼들은 거울이 깨어진 혼돈의 바닥으로 내려갔다. 그러나 어떤 예외적인 경우 속에서 계단이 숨기고 있는 죽음이 우리를 익명적인 혼돈의 바닥에 머물러 있지 못하게 하고 다시 불러낸다. 그래서 "얼굴이 돌아왔지". 어쩌면 계단의 저 밑바닥에 묻어 버린 익명의 조각난 거울 자체 속에 이미 죽음이 도사리고 있었는지도 모른다. 이런 구절이 알려 주듯이 말이다. "거울 속에

는/ 꼬물꼬물 죽음의 어여쁜 발가락들".(「마흔」) 저 밑바닥
익명의 중심에 도사리고 있는 죽음은, 지표에서 운동하는
모든 것들을 지배하며 움직이지 않는 중력처럼 언제나 이
미 도래해 있었던 것 같다. 그러니 죽음, 즉 소멸이 어떻게
다시 사라진 주체를, 즉 얼굴을 지상의 표면으로 돌려주는
지 해명해야만 하는 것이다.

죽음에 대해 김경인은 독특한 시각을 가지고 있다.

> 베레모와 독일제 파이프로 한껏 치장한 죽음이
> 오렌지 맛 새콤달콤 고통과 함께 문을 두드리고
> 매초마다 탄생하는 문제와 화제의 신생아들이
> 거듭 진화하는 몇백 개의 계절을 낳는 동안
>
> ──「테이블」 부분

"동안"이라는 표현이 알려 주는 것처럼 이것은 시간에
관한 진술이다. 여기서 죽음은 삶의 종착점으로 기술되지
않는다. 또한 죽음은 '하나의' 인생이 불안 속에 늘 끌고
다니는 삶의 조건 같은 것으로도 기술되지 않는다. 다수의
삶("신생아들")이 있으며 그들은 "몇백 개의 계절"을 반복한
다. 죽음은 바로 다수의 개체들과 그것들의 반복의 배후에
내재해 있는 원리로서 이해되고 있는 것이다. 하나의 삶이
하나의 죽음을 자신의 걱정거리로 부둥켜안고 있으며 바
로 그런 방식으로 죽음이 한 인생을 지배한다는 의견에 우

리는 쉽게 수긍한다. 그러나 이와 전혀 달리, '다수적인 개체들의 삶을 주관하는 원리로서 죽음'이라니! 다수적 개체들의 삶은 여기서 "몇백 개의 계절"의 순환, 바로 '반복'이다. 다수적 개체들의 삶을 반복으로써 주관하는 죽음이란 도대체 어떤 것인가? 그것은 어떤 구체적인 모습으로 우리 삶에서 모습을 드러내는가? 실 놀이.

4 실 놀이

감겼다 풀리는 놀라운 실 놀이 속으로 우리는 들어선다. 실의 운명이란 무엇인가? 모이라(Moira), 즉 실을 짜는 운명의 여신들에 관한 그리스 신화가 암시하듯 실은 늘 생명 및 죽음과 관계한다.(운명의 여신 중 하나인 클로토(Clotho)는 실로 짜인 천(cloth)과 실마리(clue)의 어원이기도 하다.) 실로 짜인 옷, 인형 등등 무엇이 되었건 그것의 죽음은 실올이 잘리거나 풀려 나가는 것이다. 김경인의 시집에서 우리는 신화시대부터 계속되어 온 수많은 실타래의 사상들에 가 닿고 있는 무의식 또는 "방 안에 스며든 어둠은 나를 가닥가닥 풀어 놓는데"(「노을 한 뭉치」)와 같이 풀리는 실과 죽음을 중첩시킨 이미지를 발견한다. 굴러가는 실패와 함께 실올이 풀려 나가 죽음을 이루는 이 강렬한 이미지는 이 시집의 중요한 시편들을 지배하고 있다.

열매처럼 데구르르 굴러 사라지고. (중략) 나는 이제 올올
이 풀어지는데

—「문 앞의 사람」 부분

김경인에게는 깨어진 거울에 대한 성찰에서 실꾸리 놀
이로의 이행이 있다. "주머니 속 빈 실패, 나는/ 거울끼리
놀다 엉켜 버린 실뜨기 놀이".(「물감을 짜는 동안」) 이렇게
거울은 실 놀이에 전혀 재능이 없다. 거울이 더 이상 비추
어 주지 못하는 주체를, 엉켜 버린 덩어리로부터 실마리를
찾아 시작되는 실 놀이가 전혀 다른 방향에서 되찾아 줄
것인가? 신화의 지혜에 비추어 본다면, 이것은 어쩌면 운명
을 개척하는 작업이리라. 북구 신화에서 실타래로 사람의
운명을 짜 나가는 여신들의 이름은 노르넨(Nornen)인데, 이
명칭의 추정되는 기원은 '엉킨 실타래'이다. 바그너의 「신들
의 황혼」 초두에서 이들은 지크프리트의 운명에 대한 암
시로 실타래를 끊어 먹기도 한다. 그러니 엉키는 실타래,
늘 끊어질 위험에 처해 있는 실타래에서 한 줄기 실을 뽑
아 그것이 무한한 반복의 운동 속에 들어가게 할 수 있다
면 이는 인간의 운명을 바꾸는 것이다. 과연 거울 속에서
엉켜 버린 실 놀이를 다시 재개할 수 있을 것인가? 올올이
풀어지는 김경인의 이 실은 뒤에 보겠지만, 프로이트의 '포
르트-다(Fort-Da)' 놀이를 연상시킨다. 정체성을 잃고 엉킨
실의 혼돈 속에 인형의 죽음이 찾아온다. 그것은 마치 깨

어진 거울 조각이 죽음을 비추고 있는, 모든 정체성을 지닌 것들이 해체된 바닥을 향해 계단을 걸어 내려가는 것과도 같다. 그러나 이 죽음이 삶의 자리를 넘보는 것, 삶의 종국에 위치한 다른 영역이 아니라, 삶 자체에 내재하는 삶의 원리라면, 이 죽음이 죽음으로 현실화할 수 있는 방식은 태아들을 창조하듯 자꾸 주체들을 창조하는 것이리라. 창조된 주체들이 죽으면서 다시 죽음이 계속 현실화될 테니까 말이다. 이 시집의 가장 좋은 시편 가운데 하나인 「그리운 언니에게」에서 펼쳐지는 놀라운 '실 놀이'를 보자.

실 놀이를 좋아해? 실실 풀리는 이야기가 있고, 한순간에 엉켜 버리는 이야기가 있어. 언니를 기다리는 동안 나는 실꾸리를 던지고 감아. 이야기가 다 끝나면 나는 무언가 될 것도 같아.

좀 더 많은 색실을 가지고 싶었는데 언니는 도르르 풀리는군. 언니가 언니 아닌 것이 되고 점점 작아져 나와 꼭 닮은 얼굴이 될 때까지 한 꺼풀 두 꺼풀 눈꺼풀은 감기고

언니가 사라지는 아름다운 순간을 기억해? 그때 나는 태어났지.

—「그리운 언니에게」 부분

이것은 "실꾸리를 던지고 감"는 동안 반복되는, 그러므로 페넬로페의 수의처럼 무한한 이야기다. 실꾸리로 형체를 만들었다가 풀면 죽음이 현실화한다. 이러한 죽음이, 삶이 끝나야 도래하는 것이 아니라 삶의 지하실에 도사리고 있는, 삶의 내재적인 원리라면, 풀린 실타래 같은 죽음은 다시 되감기면서 형태를 탄생시킨다. 또다시 죽기 위해서 말이다. 그래서 "언니는 도르르 풀리"면서 "언니 아닌 것이 되고 점점 작아져" 소멸한다. 그리고 "그때 나는 태어났지."라는 시구가 알려 주듯 사라진 언니로부터 다시 내가 태어난다. 이것은 마치 프로이트의 『쾌락원칙을 넘어서』의 전체 사상을 요약하는 '포르트-다' 놀이 같다. 어머니가 없을 때 아이는 상실한 어머니를 되찾기 위해 어머니의 대역 격인 실패를 던진다. 실패가 풀려 나가면서 먼 곳으로 사라졌을 때 없어졌다라는 뜻으로 '포르트(fort)'라고 말한다. 그러나 이 상실, 이 죽음은 그것으로 끝일까? 오히려 이 죽음은 어머니가 돌아오기 위한 조건이다. 실을 되감아 실패가 되돌아오면 아이는 어머니가 저기 왔다라는 뜻으로 '다(da)'라고 말한다. 실타래를 감고 풀어 사람을 죽이고 살리는 이 포르트-다 놀이는 그야말로 지중해의 모이라 신화와 북구의 노르넨 신화가 인류의 무의식 속에 묻혀 있다가 장구한 세월 뒤에 정신분석의 가면을 쓰고서 변형된 채 다시 기억된 것이라 할 만하다. 이렇게 죽음, 소멸은 주체가 반복해서 다시 탄생하도록 해 주는 원리로서의 자격을 가진다.

김경인이 실꾸리를 던지고 되감는 반복의 놀이 속에서도 두 자매("언니"와 "나")가 현실화하는 죽음을 징검다리 삼아 건너며 태어나고 또 태어난다. 중요한 것은 죽음은 오로지 삶 안에 이렇게 반복해서 지속적으로 개입하는 것에만 관심이 있으므로, 죽음 자신으로부터 실꾸리가 되감길 때 태어나는 주체가 늘 동일성을 유지하는 것은 결코 아니라는 점이다. 죽음의 반복 운동만이 유일하게 동일한 원천이며, 이 운동을 가능케 하는 것이라면 어떤 주체이든 동원된다. '언니'가 선택되고 다음에 '나'가 선택되는 것처럼 말이다. 이것이 "생물 외부에서 찾아오는 죽음과는 전혀 다른 모습의 죽음이 있고, 이런 죽음의 모습은 고정된 자아를 용해시켜 버리는 개체화 요인들 안에 있다. ……죽음은 개체화다."(G. Deleuze, *Différence et répétition*, Paris, PUF, 1968, 333쪽)라는 들뢰즈의 말이 의미하는 바이기도 하다.

이렇게 죽음의 힘이 출현시키는 '분열된' 개별적인 복수적 주체들이 있다. 이것은 주체를 '각자의 내면적 고립성' 속에서 생각하기보다는 집단적 다수성 속에서 생각할 수 있도록 해 주지 않는가? 언니와 동생, 즉 자매들의 개별성이 고립성 속에 묶여 있지 않고 '하나의' 집단적 다수성을 이룰 수 있다는 것을 우리는 토마스 만의 자매에 대한 성찰에서 읽을 수 있다. 『요셉과 그 형제들』의 「자매」 편에서 그는 이렇게 말한다. "같은 아버지가 같은 어머니한테서 생산한 자매니까. 시간 속에서야 조금 다른 모습으로 따로 살지만, 근본은 하나니까."(토마스 만, 장지연 옮김, 『요셉과 그 형제들』, 살림출판사, 2001, 1권, 512쪽) 아마도 우리 맥락에서 바꾸어 쓰자면 현상적인 시간의 배후에 있는 저 "근본"은 삶의 원리로서 죽음이라고 해야 하리라. 인격적 구별 없는, 단지 복수적 개체들로서 구별됨으로써 '하나' 안에 들어선 '다수'를 이집트 신화는 이렇게 기록하기도 한다. "하늘의 여신 누트가 낳은 자매 이시스와 네프티스를 오시리스는 착각하기도 한다."(같은 책, 485쪽) 이시스와 네프티스는 개체들이지만 각자의 내면적 고립성이 아닌 다수성의 장에서 출현하는 것이니까, 오시리스가 한 개체만의 고정된 고립적 지표를 찾을 때 그는 실패하고 마는 것이다. 즉 하나를 다른 하나로 필연적으로 착각한다.

죽음이라는 익명적 힘이 개별자를 현실화시키되, 양도불능의 한 인격성 속에서 고립되는 방식이 아니라, 다수성 속에서 그렇게 한다는 것을 보이는 것이 「그리운 언니에게」라는 시의 가르침이다. 지금까지 언니를 소재로 한 뛰어난 시(이하 '언니 시')들이 없었던 것은 아니지만, 김경인의 이 '언니 시'는 매우 독자적인 한 영역을 창조한다. 그간 다양한 '언니 시'들 가운데 언니라는 말의 아름다움에 착안한 경우도 있었고, 언니를 시 속에서 담화를 촉발하는 호격으로 사용하는 경우도 있었다. 그러나 이런 모든 경우와 달리 언니가 고정된 내면성을 지니지 않는 비인격적인 개체로서 현실화하는 국면을 발견했다는 점에서 김경인의 시는 언니라는 화두에 지금껏 없었던 새로운 활력을 불어넣고 있는 것이다. 이는 언니라는 인류의 오랜 역사와 함께하는 명칭이 숨기고 있던 새 면모를 발견하는 것으로 진정 독창적인 과업이다.

실꾸리를 끌어당겼을 때 죽음으로부터 다시 출현하는 주체의 개별성이 그 주체를 고립시키기보다는 집단적 다수성을 가능케 한다는 점은 "밤의 실패를 풀어내던 꿈속의 소녀"(「아라베스크」)의 또 다른 실 놀이 속에서 더욱 분명해진다. 아래 시는 위의 '언니 시'와 쌍둥이 같다.

> 소녀가 빙글 돌고
> 두 눈부터 알록달록한 색실처럼 스르르 풀어질 때
>
> 한 소녀가 또 한 소녀 속으로 감겨들어 가
> 감쪽같아질 때
>
> 한 소녀가 막 빠져나온
> 한 소녀의 윤곽을 마구 흩어 버릴 때
> ──「아라베스크」부분

이 시가 몰두하고 있는 유일한 모티프는 「그리운 언니에게」와 마찬가지로 실의 풀어짐과 다시 감김("색실"이 스르르 풀어지고 또 감겨들어 가는 일)이며, 그 반복의 운동 속에서 태어나는 주체(소녀)이다. 실의 풀어짐과 더불어 도래하는 죽음은 일회적인 성취 이후 삶으로부터 추방되지 않기 위해, 실의 감겨들어 감과 더불어 다시 주체를 낳고 그렇게 해서 자신이 다시 도래할 조건을 만든다. 이렇게 인생은 죽음의 놀이가 된다. 여기서 실이 풀어졌다가 다시 감기면서 등장하기도 하고 또 사라지기도 하는 '한 소녀와 또 한 소녀'는 다수(복수)를 이루는 개체라는 사실에서만 구별될 뿐 인격적 고립성의 특성들(이기성, 개인의 단독성 등등)을 통해 구별되지는 않는다. 그래서 그들은 "소녀"라는 막연한 일반 명사 안에서 함께 불리고 함께 거주하는 것이다.

이렇게 김경인이 그녀의 계단을 내려가 발견한 익명성은 정지한 죽은 신과 같은 막연하고 무차별적인 혼돈이 아니다. 거기에 실꾸리 놀이가 들어서며, 반복의 역학적 운동이 시작된다. 실꾸리가 풀려 버려 죽음을 이루고 다시 되감기며 죽음으로부터 되돌아올 때마다 주체가 현실화한다. 이렇게 탄생한 주체들은 김경인이 일찌감치 깨뜨려 버린 '거울'과 같은 의식의 반성적 구조가 만들어 내는 각자의 개별적 내면을 지닌 주체, 내면화한 문화의 시선 속에서 자신을 감시하며 감시받는 고립된 단독자로서 수립된 주체와는 전혀 다르다. 그것은 한 번은 언니일 수 있고 다음 한 번은 동생일 수노 있는 다수성으로서의 자매, 한 소녀일 수도 있고 그다음엔 또 다른 소녀일 수도 있는 다수성이 이루는 공동체, 이시스일 수도 있고 네프티스일 수도 있는 세계다. 이

공동체는 언니가 그의 움직일 수 없는 내면적 정체성 — 거울에 비친 자기반성적 의식이 확립한 — 때문에 동생의 자리로 가지 못하고, 한 소녀가 같은 이유로 다른 소녀가 되지 못하는 고립된 섬과 같은 주체의 자리가 아니다.

5 공동체 — 얘들아, 모든 이름을 사랑해

왜 이런 다수성을 이루는 주체가 중요한가? 아마도「재개발구역」이라는 시가 그 중요성에 대해 사유할 기회를 주는 것 같다. 여기서 재개발구역의 사람들은 실꾸리 놀이와 같은 풀리고 감기는 반복의 운동 속에 들어 있다.

집이 무너졌다. 거주민들은 돌아오지 않는다.

(중략)

이제 큰언니는 남고 막내는 떠날 차례. 영원히 목소리를 바꾼다. (……) 한 목소리와 어떤 목소리.

(중략)

이제 언니는 가고 엄마가 돌아올 차례. 처음 보는 여자가 천천히 내게 스며들었다. 나는 여전히 남아 사이좋게.

—「재개발구역」부분

"집이 무너졌다." 재개발이라는 이 죽음의 원리 주위를 맴돌며 사람들이 흩어졌다 돌아온다. 실이 풀리고 감기듯 막내가 사라진 후 언니가 돌아온다. 다음엔 풀려 나가는 실꾸리 저쪽으로 언니가 사라지며, 다시 그것이 감길 때 엄마가 돌아온다. 이것은 무슨 사건인가? 고립된 주체가 도래하는 일이 아니라 "한 목소리와 어떤 목소리"라는, 목소리가 포개져 다수성을 이루는 사건, 보다 감동적으로는 "처음 보는 여자가 천천히 내게 스며"드는 사건이다. 그러므로 여전히 남아 있는 '나'가 있다면 그것은 고립된 '나'가 아니라, 한 목소리와 다른 목소리가 겹쳐지고, 언니와 막내가 겹쳐지며, 이런 식으로 모르는 여자들이 천천히 스며들어와 웅성대는 다수성, 모순된 표현이 용서된다면 '다수성을 가리키는 이름으로서 나'이다. "집이 무너졌다." 그러나 '나'라는 거대한 공동주택 안에 수많은 여자들이 사이좋게 살기 시작한다.("나는 여전히 남아 사이좋게.") 그러니 '나'란 '모든 이름들이 위계 없이 동등하게 사랑받는' 거대한 상자 같은 것이다. "예쁜 이름이구나. 누군가의 목소리 속에서 나를 처음 불러 봤어요. 백한 개의 포장 박스가 차곡차곡 쌓였습니다. 얘들아, 모든 이름을 사랑해."(「인형 탄생기」) 김경인을 통해 발견하게 된 이 여자들의 공동체로서 나는 얼마나 소중한가? 세상의 폭력 앞에 설 수 있는 주체는 자기라는 내면의 고립성 속에서 홀로 탄생하고 홀로 거기에 머무는 코기토가 아니라 바로 이런 다수성, 집단적 힘을 필연적으로 산출하는 개별자가 아닐까?

그래서 두 개의 건반을 오가며 풀리고 감기는 이 실 놀이가 경이로운 것이다. 생과 죽음의 건반 사이 무한한 진동, 이렇게……

세계는 가장 아름다운 건반의 두 음처럼

흔들린다, 나는 그렇게 믿는다

　　　　　　　　　　　　　　　　　　—「고백하는 물병」부분

김경인

1972년 서울에서 태어났다.
2001년 《문예중앙》으로 등단했다.
시집 『한밤의 퀼트』가 있다.

얘들아, 모든 이름을 사랑해

1판 1쇄 찍음 · 2012년 6월 1일
1판 1쇄 펴냄 · 2012년 6월 11일

지은이 · 김경인
발행인 · 박근섭, 박상준
편집인 · 장은수
펴낸곳 · ㈜민음사

출판 등록 1966. 5. 19. 제16-490호
서울시 강남구 신사동 506번지 강남출판문화센터 5층 (우)135-887
대표전화 515-2000 / 팩시밀리 515-2007
www.minumsa.com

※이 책은 2009년 서울문화재단 문학창작활성화 지원을 받아 출간되었습니다.